IMPORTANTE COLLECTION

# Coutellerie d'Art

DE

l'Antiquité, du Moyen-âge, de la Renaissance

au XVIIIe siècle

GRÈS DES XVIe & XVIIe SIÈCLES

PROVENANT

M. RICHARD ZSCHILLE

de Grossenhain

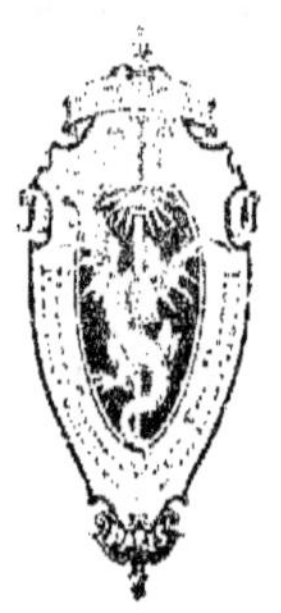

# CATALOGUE

DE

## L'importante Collection

DE

# Coutellerie d'Art

## ŒUVRES PRÉCIEUSES

DE L'ANTIQUITÉ, DU MOYEN-AGE, DE LA RENAISSANCE AU DIX-HUITIÈME SIÈCLE

EN OR, ARGENT, FER ET BRONZE CISELÉS ET ÉMAILLÉS, EN IVOIRE BUIS ET CRISTAL DE ROCHE

## PIÈCES DE MAITRES

## Grès des XVI<sup></sup>e et XVII<sup></sup>e siècles

provenant de

# M. RICHARD ZSCHILLE

## de Grossenhain

ET DONT LA VENTE AURA LIEU A PARIS

## HOTEL DROUOT, SALLE N° 1

**Les lundi 5, mardi 6, mercredi 7, jeudi 8 et vendredi 9 novembre 1900**

A DEUX HEURES

*PAR LES MINISTÈRES DE*

| M<sup></sup>e Emile BOUDIN | M<sup></sup>e LAIR DUBREUIL |
|---|---|
| COMMISSAIRE-PRISEUR | COMMISSAIRE-PRISEUR |
| | SUCCESSEUR DE M. GEORGES DUCHESNE |
| *102 — Rue de Richelieu — 102* | *6 — Rue de Hanovre — 6* |

Assistés de **M. A. BLOCHE**, Expert près la Cour d'Appel

*28, Rue de Châteaudun, 28*

## EXPOSITIONS

| PARTICULIÈRE | PUBLIQUE |
|---|---|
| **LE SAMEDI 3 NOVEMBRE 1900** | **LE DIMANCHE 4 NOVEMBRE 1900** |
| de 2 h. à 6 h. | de 1 h. 1/2 à 5 h. 1/2 |

## LE PRÉSENT CATALOGUE SE TROUVE A

| | |
|---|---|
| **Paris** | Chez Me Émile Boudin, commissaire-priseur, 102, rue Richelieu. |
| — | Chez Me Lair Dubreuil, commissaire-priseur, successeur de Me Duchesne, 6, rue de Hanovre. |
| — | Chez M. A. Bloche, expert près la Cour d'Appel, 28, rue de Châteaudun. |
| **Londres** | Chez M. F. Davis, 149, New Bond Street. |
| **Rome** | Galerie Sangiorgi Palais Borghèse. |
| **Florence** | Chez M. Galli Dunn, 3, Piazza San Maria Novella. |
| **Francfort-sur-Mein.** | Chez MM. Goldschmidt, joailliers, 15, Kaizerstrasse. |
| — | Chez M. Altmann, 3, Am Salzhaus. |
| **Berlin** | Chez M. Gustave Levy, 87 et 88, Wilhelmstrasse. |
| **Munich** | Chez M. Bernheimer, 3, Maximilien Platz. |
| **Amsterdam** | Chez M. J. Boasberg, 63, Kalverstraat. |

## CONDITIONS DE LA VENTE

La vente sera faite *expressément* au comptant.

Les acquéreurs payeront en sus des adjudications *cinq pour cent*.

L'exposition mettant le public à même de se rendre compte de l'état des objets, il ne sera admis aucune réclamation une fois l'adjudication prononcée.

# ORDRE DES VACATIONS

### Lundi 5 novembre

| | | |
|---|---|---|
| Couteaux des époques primitives.... | Nos | 448 à 494 |
| Fourchettes.................... | | 672 à 676 |
| Cuillers........................ | | 711 à 728 |
| Instruments romains............ | | 958 à 972 |
| Grès........................... | | 1021 à 1053 |

### Mardi 6 novembre

| | |
|---|---|
| Services et couverts de chasse....... | 1 à 78 *bis* |
| Gaines et étuis.................... | 435 à 447 |
| Fourchettes..................... | 701 à 710 |
| Instruments et outils.............. | 849 à 885 |

### Mercredi 7 novembre

| | |
|---|---|
| Couverts de chasse et pièces de voyage.................... | 79 à 278 |
| Outils et pièces de maîtrises......... | 886 à 957 |
| Instruments.................... | 973 à 1020 |

### Jeudi 8 novembre

| | |
|---|---|
| Couverts de table................ | 279 à 434 |
| Couteaux du IXe au XVIIIe siècle..... | 495 à 570 |

### Vendredi 9 novembre

| | |
|---|---|
| Continuation des couteaux........ | 571 à 671 |
| Fourchettes..................... | 677 à 700 |
| Cuillers....................... | 729 à 745 |

### Samedi 10 novembre

| | |
|---|---|
| Continuation des cuillers........... | 746 à 848 *bis* |

## LA COLLECTION DE COUTELLERIE D'ART

# RICHARD ZSCHILLE

---

*Cette collection jadis formée avec tant de goût et d'érudition par M. Richard Zschille que je viens de cataloguer m'a procuré, par l'examen et le choix des objets dont elle se compose de trop douces et instructives impressions pour que je résiste au besoin de les exprimer ici avant d'offrir aux amateurs l'énumération raisonnée de cette véritable histoire de la coutellerie.*

*L'éminent archéologue, M. Arthur Pabst, directeur du Musée des Arts décoratifs de Cologne, en 1893 avait fait un catalogue édité luxueusement d'une partie de cette collection. Depuis elle s'est considérablement augmentée. Elle présente de l'âge de pierre jusqu'à la fin du siècle dernier les types les plus intéressants de couteaux, de fourchettes, de cuillers, d'instruments divers indiquant bien les transformations que ces objets, en usage d'abord chez les Grecs, les Romains et les Egyptiens, subirent plus tard au temps des Mérovingiens, des Carlovingiens et des Normands, quand les peuples de la Gaule, entrant dans la voie de la civilisation, s'emparèrent pour leur usage personnel de tout ce qui pouvait contribuer à leur rendre plus facile la vie usuelle. De ces époques jusqu'au Moyen-Age, toutes les pièces ont un intérêt incontestable par leurs formes et leur état de conservation relatif, mais lorsque nous arrivons au XIVe siècle, à la Renaissance surtout, nous voyons se développer, comme dans les travaux d'architecture, d'orfèvrerie, de joaillerie, dans la conception et l'exécution des services de chasse, de festins, de voyages, dans les ustensiles de jardinage, dans les instruments de métiers, de corporations, de chirurgie, nous voyons se développer le goût le plus raffiné donnant à ces objets un véritable caractère d'élégance, de richesse même que le temps écoulé nous rend aujourd'hui absolument précieux.*

*Ce ne sont plus de simples objets d'usage destinés à rester classés dans la coutellerie proprement dite, mais des bibelots de vitrine appelés par la délicatesse de leur travail à charmer les yeux de tous ceux qui apprécient comme le méritent les Beaux-Arts proprement dits dans toutes leurs manifestations merveilleuses quoique minuscules. C'est en Allemagne, en Italie, en France principalement que surgirent, se révélèrent ces ciseleurs, ces émailleurs, ces graveurs, ces orfèvres émérites dont les œuvres exquises réunies ici témoignent si hautement de la valeur. Combien nous regrettons de ne pouvoir célébrer leurs noms! Nous ne pouvons que rendre un hommage sincère à leur talent.*

*Des recherches dans les archives des municipalités, des corporations d'Augsbourg, de Nuremberg, de Venise, de Florence, de Gênes, de Paris et autres centres où vivaient ces artistes nous en eussent peut-être révélé quelques-uns, mais le temps que ces recherches eussent nécessité nous a manqué pour le faire. Leurs œuvres sont une affirmation éclatante du luxe que les grands seigneurs et grandes dames donnaient à leurs services de chasse, de festins, qu'ils suspendaient souvent à leurs ceintures ou qu'ils emportaient soigneusement renfermés dans des gaines quelquefois remarquables aussi par leur travail, partout où les appelait le plaisir de la chasse ou de festoyer.*

*L'abondance de couteaux de différentes formes dans certains services nous raconte en quelle faveur était autrefois chez les gentilshommes la mode de découper. C'était un honneur qu'on offrait au plus réputé dépeceur. Cette coutume explique aussi les grandes et larges lames des couteaux, dits de curée ou présentoirs, sur lesquelles, après avoir choisi le morceau préféré ou le plus délicat, le gentilhomme dépeceur l'offrait galamment à la plus noble ou à la plus gente dame de l'assemblée. Et dans ce geste qui devait toujours être beau se trahissait-il quelquefois une préférence qui frappait certainement plutôt le cœur que l'estomac. Petits et grands couteaux, fourchettes et cuillers que tant de mains ont déjà pressés si vous pouviez parler et trahir les secrets de toutes les petites manœuvres auxquelles vous vous êtes prêtés, combien ajouteriez-vous à vos charmes! car pour les choses comme pour les hommes et les femmes leur histoire souvent leur donne tout leur prestige et leur valeur.*

*Mais votre caractère ne vous permet que de retracer ce qu'on a voulu que vous soyez et ce que vous resterez tant que le temps et les événements vous épargneront : des instruments utiles et charmants de grâce en tous points.*

*Un nom, une inscription gravés sur une lame ou dans l'ornementation des manches révèlent certains des anciens propriétaires de ces objets. L'aigle, le lion, la salamandre qui décorent les pommeaux, les cariatides élégantes, les groupements exquis de figures enlacées, les sujets symboliques perdus dans des ornementations délicates ne peuvent qu'affirmer le goût de ceux qui les commandaient et de ceux qui les composaient. La citation ici des pièces les plus remarquables de cette collection nous obligerait à une nomenclature qui, avec les commentaires inévitables qu'elles nous inspirent doublerait le volume du catalogue déjà long.*

*Les lames la plupart au poinçon de maîtres de formes originales sont décorées par une gravure. Les manches soit en métal, en ivoire, en buis, présentent les modèles les plus exquis que l'imagination puisse façonner.*

*Tous les arts : ciselure, sculpture, émaillerie, damasquinure, gravure, sont représentés là par des spécimens aussi instructifs que suggestifs à observer. Ils marquent les étapes glorieuses de ces arts variés jusqu'au XIXe siècle.*

*Pour tout dire après avoir servi aux plus élégants, sans doute, elles ont tellement eu l'heur de plaire aux plus érudits et raffinés amateurs qu'elles avaient conquis droits de cité dans les célèbres collections Paul, Gedon, Von Berthold, Nieuwerkerke, Milani, Castellani, etc.*

*Elles ont donc — j'oserai dire — leurs parchemins et après avoir séduit tant de connaisseurs je me suis senti plus fort pour en dire ce que j'en pense.*

*Si la mode n'est plus à se munir de son couvert de luxe pour se rendre aux invitations à dîner, pour festoyer à la chasse, ou en voyage, nos amphytrions ou les restaurants roulants ayant tout prévu à cet égard, le haut goût des collectionneurs les portant aujourd'hui vers tout ce que le passé nous a légué d'intéressant et de précieux, nous ne pouvons que bien augurer de l'accueil qui sera fait à cette collection et engager tous ceux qui le pourront à venir la visiter dans son ensemble. Ils y trouveront nous n'en doutons pas, des petites impressions inoubliables.*

*Arthur BLOCHE.*

# DÉSIGNATION

## SERVICES ET COUVERTS DE CHASSE

1 — Couteau à lame plate, tranchant arrondi, manche en ivoire forme presque rectangulaire orné à l'extrémité d'un animal fantastique. quadrupède ailé à tête de grenouille accroupie sur un terrassement gravé. Venise, XIIIe siècle.

> Voir Violet le Duc, *Dictionnaire du Mobilier français* page 76 et *Catalogue A. Pabst*, no 1.
> Collection Nieuwerkerke.

Long. : 0m34.

— Couteau à lame plate, tranchant arrondi. manche en ivoire forme presque rectangulaire, orné à l'extrémité d'un dragon ailé sur terrassement sculpté. Venise, XIIIe siècle.

Long. : 0m28.

3 — Couteau à lame plate, tranchant arrondi, manche en ivoire forme presque rectangulaire, surmonté d'un griffon ailé, sur terrassement sculpté. Venise, XIIIe siècle.

Long. : 0m31.

4 — Lame de couteau à tranchant arrondi, dessinant presque une demi-lune à l'extrémité. XIVe siècle.

Long. : 0m35.

5 — Couteau à large lame plate, tranchant et dos légèrement arrondis, manche en ivoire offrant sur les deux faces des apôtres debout et drapés, l'un portant la Croix, l'autre l'Evangile et s'appuyant sur un bâton, tous deux abrités sous des niches; le dessus représente un masque d'évêque coiffé d'une mitre, virole en argent. Très bel état de conservation. France, XIVe siècle.

Long. : 0m37.

6 — Couteau à lame plate et double, tranchant se terminant en pointe. Manche en ivoire représentant un personnage en costume du XVe siècle avec gourde et corne de chasse à la ceinture, portant sur son épaule un petit chien et ayant à ses pieds une tête d'homme barbu. Allemagne, fin du XVe siècle.

Collection Gédon, no 906.
Voir *Catalogue A. Pabst*, no 145.

Long. : 0m27.

7 — Couteau avec lame à double tranchant à l'extrémité, le dos armé de crans, le talon gravé à fleurs et feuillages. Manche en fer formé de colonnes avec niches sur trois faces et demi-colonnette en saillie sur la quatrième face, surmontée d'un chapiteau sur lequel est posé un

lion, le tout rehaussé de vestiges de dorure. Pièce rare. France, XVe siècle.

Voir *Catalogue A. Pabst*, n° 2.

Long. : 0m[illegible]1.

8 — Grand couteau dit de Pentecôte (1) à lame presque plate. Manche en os et en bois, monté en cuivre, dessin ogival gravé à feuillage, offrant d'un côté une armoirie à double aigle présumée de Duguesclin. France, XVe siècle.

Long. : 0m48.

9 — Couteau de chasse à lame tranchante des deux côtés à l'extrémité, avec cachet de maître gravé près du talon. Le manche en cuivre gravé, offrant des fleurs lobées et des feuillages, se dessine à l'extrémité en forme de tourelle tronquée avec rosace ajourée sur chaque face, se terminant par un bouquet d'ornements. Le milieu du manche encercle des incrustations d'ivoire sur bois. Pièce des plus précieuses du XVe siècle.

Collections Nieuwerkerke et Paul.
Voir *Catalogue A. Pabst*, n° 313.

Long. 0m47.

10-11-12 — Trois pièces de service de chasse dont deux à larges lames et la troisième à lame arrondie et pointue à l'extrémité. Manches en cuivre gravé avec rosaces ajourées; le haut à fusées saillantes

(1) Dans divers inventaires de trésors royaux français, des couteaux de même forme étaient indiqués comme pièce servant uniquement aux fêtes religieuses.

recouvertes de feuillages, flanquées de deux oreilles de forme irrégulière. Le milieu du manche sur chaque face orné d'incrustations de nacre et de corne noire. Venise, xv^e^ siècle.

Long. : 0^m^40.
Petit couteau : 0^m^36.

13-14-15 — Trois pièces de service de chasse dont deux à larges lames plates de Damas et la troisième plus étroite. Manches en cuivre, le milieu à canaux avec incrustations d'ivoire et de bois. Allemagne, commencement du xvi^e^ siècle.

Voir *Catalogue A. Pabst*, n° 315.

Long. des grands couteaux : 0^m^30
Long. du petit couteau : 0^m^32

16 — Couteau présentoir dit de curée, à large lame plate, manche en cuivre orné d'incrustations d'ébène et d'ivoire à damier. Commencement du xvi^e^ siècle.

Voir *Catalogue A. Pabst*, n° 317.
Collection Paul, n° 1207.

Long. : 0^m^51.

17 — Couteau présentoir dit de curée, à large lame plate, manche en cuivre orné d'incrustations d'ébène et d'ivoire à damier. xvi^e^ siècle.

Voir *Catalogue A. Pabst*, n° 316.
Collection Paul, n° 1208.

Long. : 0^m^50.

18 à 22 — Service de chasse composé de cinq pièces : deux couteaux présentoirs dits de curée, à larges lames plates; deux couteaux à découper et une fourchette à piquer. Manches en

cuivre ornés d'incrustations d'ébène et d'ivoire. XVIe siècle.

Long. des couteaux présentoirs : 0m45.
Long. du troisième couteau : 0m37.
Long. du quatrième couteau : 0m25.
Long. de la fourchette : 0m30.

23 — Couteau présentoir dit de curée, à magnifique large lame, manche en cuivre avec cannelures au centre à rosaces gravées, orné d'incrustations d'ébène et d'ivoire, se terminant par un pommeau à deux oreilles en forme de rondelle. XVIe siècle.

Long. : 0m45.

24 — Couteau présentoir dit de curée, à large lame plate, manche en bronze, forme effilée et octogonale emboîtant la lame sous forme de feuillage gravé et dentelé. XVIe siècle.

Long. : 0m43.

25 — Couteau de chasse dit présentoir, à large lame plate finement gravée, dessin à rinceaux et arabesques entrelacés, manche en bois. Allemagne, milieu du XVIe siècle.

Voir *Catalogue A. Pabst*, n° 319.

Long. : 0m45.

26 — Couteau de chasse dit présentoir, à large lame finement gravée, offrant sur chaque côté les armoiries de la Bavière. Manche en corne. Allemagne. XVIe siècle.

Long. : 0m40.

27 — Couteau présentoir dit de curée, à large lame plate. Manche en corne brune finement cloutée avec incrustations de nacre, monture en cuivre gravé. XVI^e siècle.

Long. : 0^m47.

28 — Couteau de chasse avec lame finement gravée près du talon, dessin à ornements rehaussés de vestiges de dorure, frappée d'un cachet de maître. Manche en cuivre gravé à entrelacs symétriques, avec pommeau en noix de coco, recouvert à l'extrémité de feuillage en cuivre. XVI^e siècle.

Voir *Catalogue A. Pabst*, n° 318.
Collection Paul, n° 1210.

Long. : 0^m42.

29 — Couteau de chasse à large lame plate. Manche en corne cloutée de cuivre et incrustée d'ivoire, monture en cuivre. Allemagne, XVI^e siècle.

Voir *Catalogue A. Pabst*, n° 322.
Collection Paul, n° 1201.

Long. : 0^m43.

30-31 — Petit couteau de chasse, lame à tranchant cintré, gravée à fleurs et feuillages sur fond doré près du talon ; manche en marbre vert serpentin, monture en argent niellé, petit dessin à ornements. Accompagné de sa gaîne en galuchat avec monture en argent niellé. France, XVI^e siècle.

Long. : 0^m28.

32 — Petit couteau avec lame et monture d'une pièce en fer finement gravé et doré, dessin

à semis d'ornements et d'arabesques. Manche formé par un groupe en ivoire représentant, adossée à une volute, une femme se débattant sous l'étreinte d'un dragon qui lui mord la tête. Italie, xvi^e siècle.

Voir *Catalogue A. Pabst*, n° 6.
Collection Paul, n° 1302.

33-34 — Service de chasse composé d'un couteau et d'une fourchette, tout d'une pièce, en fer gravé et rehaussé de vestiges de dorure, avec manches recouverts d'ivoire en partie. La lame du couteau présente d'un côté une figure de femme et de l'autre une figure de chevalier en armure, se dessinant sur un champ d'ornements; au-dessous, les armes des *Capellos*. Italie. xvi^e siècle.

Couteau. Long. : 0 [illegible].
Fourchette. Long. : [illegible].

35-36-37 — Service de chasse composé de trois pièces : 1° un couteau-présentoir dit de curée, à large lame plate finement gravée à petits dessins d'entrelacs et rehaussés de dorure; 2° un couteau à découper dont la lame, près du talon, offre en gravure une ornementation dans le même goût; 3° une fourchette rehaussée par parties de vestiges de dorure. Les manches, en ambre transparent et à huit faces, sont incrustés par parties de cercles d'ivoire; le haut, en ivoire, est orné d'incrustations d'ambre transparent gravé à l'imitation des translucides et offrant des sujets allégoriques à petits personnages d'une finesse remarquable.

Ces trois pièces nous paraissent uniques dans l'histoire des services de vènerie. Par leur travail et leur conservation, elles méritent toute l'attention des collectionneurs et des musées. Augsbourg, XVI^e siècle.

Collection de Lord Londesborough.

Couteau-présentoir. Long. : 0m61.
Couteau à découper. Long. : 0m45.
Fourchette. Long. : 0m36.

38-39-40 — Service de chasse composé de trois pièces : couteau-présentoir à large lame, couteau à dépécer et fourchette à piquer avec manches en ambre transparent monté d'ivoire, piqueté et offrant à l'imitation des translucides des motifs variés, figures symboliques et ornements. Allemagne, XVI^e siècle.

Couteau-présentoir. Long. : 0m50.
Couteau à dépécer. Long. : 0m42.
Fourchette. Long. : 0m34.

41 — Couteau de chasse, lame à tranchant arrondi, pointu à l'extrémité, manche à huit pans intermittent de plaquettes d'écaille et d'ivoire incrustées d'ivoire. Le haut en ivoire incrusté de rondelles d'ambre brun. Allemagne, XVI^e siècle.

Voir *Catalogue A. Pabst*, n° 7.

Long. : 0m42.

42 — Couteau de chasse à dépécer à lame gravée, dessin à arabesques, manche en fer ciselé et doré, embase à feuillages, la fusée avec plaquettes de

nacre, surmontée d'un chapiteau corinthien sur lequel est posé un lion héraldique tenant un écusson. Italie, XVI^e siècle.

Voir *Catalogue A. Pabst*, n° 5.

Long. : [illegible]

43 — Petit couteau de service de chasse à lame fine gravée sur le dos et au talon à arabesques sur fond rehaussé de vestiges d'or; manche en fer finement ciselé, dessin à feuilles d'acanthe, rubans enroulés et ornements se terminant en chapiteau ionien couronné par un aigle au bec ouvert dont le plumage se dessine en forme de longues feuilles; de chaque côté du manche, sont appliquées deux plaquettes de nacre. Italie, XVI^e siècle.

Voir *Catalogue A. Pabst*, n° 11.
Collection Paul, n° 1232.

Long. : [illegible]

44-45 — Service de chasse composé de deux pièces : couteau avec lame à tranchant cintré, dos à arête saillante, gravée d'arabesques près du talon; manche en fer ciselé, fond rehaussé de vestiges de dorure, orné de deux plaquettes de nacre, surmonté d'un chapiteau corinthien couronné par une tête d'aigle en partie couverte de feuillages. La fourchette à deux dents se détachant de cariatides de deux dauphins reliés par des feuillages sur un petit chapiteau ionien; manche faisant corps avec la fourche semblable à celui du couteau. Italie, XIV^e siècle.

Couteau. Long. : 0m27.
Fourchette. Long. : 0 31.

46 — Petit couteau de chasse, lame gravée à l'extrémité du dos et du talon, dessin à arabesques et rinceaux. Manche en bronze ciselé et doré, base à feuillages, le milieu avec plaquettes de nacre et l'extrémité en forme de chapiteau corinthien supportant un vase à godrons feuillagés d'acanthe surmonté d'un groupe de feuilles se dessinant en forme de pomme de pin. Italie, XVIe siècle.

Voir *Catalogue A. Pabst*, n° 13.

Long. : 0m29.

47 — Fourchette de chasse en fer ciselé à deux dents quadrangulaires s'échappant de deux têtes de dauphins, posant sur un ornement ajouré au milieu duquel émerge un petit vase avec fleurs. Manche en bronze finement gravé et doré, forme octogonale dont les pans présentent un dessin très délicat de rinceaux feuillagés et de carrelages. Deux pans sont ornés d'incrustations de nacre, la virole enveloppée de feuilles d'acanthe et le haut formant pommeau à dessin truité. France, XVIe siècle.

Voir *Catalogue A. Pabst*, n° 17.

48 — Fourchette de chasse, lame gravée à feuillages près du talon, manche en fer ciselé et gravé orné de feuilles d'acanthe avec plaquettes de corne brune sur chaque face, se terminant en forme de chapiteau surmonté d'un vase ornementé, le tout rehaussé de vestiges d'or. Italie, XVIe siècle.

Voir *Catalogue A. Pabst*, n° 27.

Long. : 0m26.

49 — Fourchette à deux dents dont une à éperon, adhérentes au manche tout en fer finement ciselé, représentant un chevalier en armure, assis sur un masque et portant dans chaque main des bustes de femmes. Le manche se termine par deux petits balustres à pointes de diamants reliés par une rondelle à saillies et couronné par un accouplement d'aigles portant sur leurs ailes l'anneau à suspendre. Allemagne, XVI^e siècle.

> Voir *Collection A. Pabst*, n° [illegible].
> Collection [illegible].

[illegible]

50 — Fourchette en fer forgé à deux dents quadrangulaires adhérentes à une suite d'ornements se détachant d'un cartouche forme reliquaire avec rosace ensoleillée au centre, au milieu [illegible] des motifs d'ornements rappelant par leur forme des fleurs de lys; le talon se dessinant en balustre facetté est incrusté de rayures d'argent. Manche en corne brune unie. XVI^e siècle.

> Voir *Catalogue A. Pabst*, n° 14.
> Collection Pabst [illegible].

[illegible]

51 — Couteau à large lame, dos arrondi à l'extrémité jusqu'à la pointe, tout d'une pièce avec le manche à fond noirci finement gravé, offrant au talon d'un côté un trophée de violoncelle, de corne d'abondance, d'épées; de l'autre côté au milieu d'attributs de musique, le blason de la famille Renier, de Venise. Sur les deux faces principales du manche se dessinent des animaux

fantastiques, des trompettes et une tour, et sur les deux autres côtés des arabesques; le haut en forme de chapiteau. Toute l'ornementation se détache à rehauts d'or. Bel état de conservation. Venise. XVIe siècle.

Voir *Catalogue A. Pabst*, n° 3.

Long. : 0m37.

52 — Couteau de chasse à large lame, manche en argent finement gravé. Le décor divisé en huit compartiments représentant d'un côté un cavalier bardé de fer, un attribut de musique, un écusson et un trophée d'instruments symboliques; de l'autre côté un personnage casqué et assis, deux trophées de musique et d'ornements et un autre écusson. L'extrémité présente des rinceaux entrelacés et des ornements raphaëlesques rehaussés d'or. Italie. XVIe siècle.

Voir *Catalogue A. Pabst*, n° 8.
Collection Paul, n° 1201.

Long. : 0m35.

53 — Couteau de chasse à lame gravée concave dans la partie centrale formant une seule pièce avec le manche quadrangulaire, décoré de rinceaux fleuronnés symétriquement entrelacés et d'arabesques, sur un côté de la lame un écusson. Italie, XVIe siècle.

Long. : 0m27.

54 — Grand couteau de chasse à large lame dite présentoir gravée à grande fleur épanouie sur un champ de tulipes, de dahlias et de feuillages,

manche en corne de cerf ; monture en fer gravé, quillons droits se terminant en têtes de chiens. Allemagne, xviie siècle.

*Voir Catalogue A. Pabst*, n° 521.

Long. : 0m75.

55 — Couteau de chasse dit présentoir à large lame offrant en gravures les armes de « Johann Georg, Hertzog zu Sachsen, I. v. L. Glev. V. Berg. c. », au monogramme S. V. M. C. et portant la date 1612. Manche en agate jaspée rouge, monture en argent doré et gravé. Allemagne. xviie siècle.

Long. : 0m41.

56 — Couteau de chasse dit présentoir à large lame offrant gravé sur fond doré dans un champ de rinceaux entrelacés les armoiries du duc Auguste de Saxe, Ioland Cleve, curateur de la Chaine Archi-épiscopale de Magdebourg. Manche en agate blanche à huit facettes, monture en argent gravé, dessins à feuillages et rinceaux fleuris. Allemagne, xviie siècle.

Long. : 0m41.

57 — Couteau de chasse dit présentoir à large lame, manche en agate rouge, monture cuivre gravé et doré. Allemagne, xviie siècle.

*Voir Catalogue A. Pabst*, n° 52[illegible].

Long. : 0m41.

58 — Couteaux de chasse dit présentoir à large lame gravée aux armes des comtes de Mansfeld

portant la date de 1662, manche en galuchat gris, monture argent gravé, dessin à rinceaux. Allemagne, XVIIe siècle.

Long. : 0m35.

59 — Couteau de chasse dit de curée à large lame offrant en gravure sur fond doré les armes du duc de Saxe de Julich, Clèves et de Berg, électeur Johann Georg avec la date 1621. Le manche en fer doré avec fusée en ivoire à huit pans incrustés de turquoises et de grenats cabochons. Allemagne.

Voir *Catalogue A. Pabst*, n° 324.

Long. : 0m57.

60 — Petit couteau de chasse lame à tranchant cintré ornée d'applications de cuivre gravé. Manche parties facetées, parties rondes, en fer et cuivre, le haut en bois clouté d'ivoire cerclé de cuivre. Allemagne, XVIIe siècle.

Voir *Catalogue A. Pabst*, n° 200.

Long. : 0m29.

61 — Lame de couteau de chasse, le milieu à gouttière, le dos à figure d'animal fantastique et rehaussé de feuillages dorés, le talon gravé à profil de masque et thyrse de feuillage. Portugal, XVIIe siècle.

Voir *Catalogue A. Pabst*, n° 249.
Collection Paul n° 1242.

Long. : 0m20.

62 — Fourchette de chasse à deux dents en fer uni, manche finement fuselé et festonné se termi-

nant par un pommeau en forme d'œuf. Allemagne, XVIIᵉ siècle.

Voir *Catalogue A. Pabst*, nº 27.

Long. : 0m25.

63-64 — Couvert de chasse composé d'un couteau et d'une fourchette à deux dents avec manches en bronze ciselé et doré représentant des têtes de chérubins à doubles faces sur des gaines cannelées et posant sur des masques fabuleux. Allemagne, XVIIᵉ siècle.

Voir *Catalogue A. Pabst*, nº 12.
Collection Paul, 1882.

Couteau. Long. : 0m30.
Fourchette. Long. : 0m24.

65 — Couteau-fourchette de chasse en fer uni, manche ivoire forme cariatide d'homme casqué à double face sur gaine à volutes feuillagées. XVIIᵉ siècle.

Collection Gédon.

Long. : 0m22.

66-67 — Couteau de chasse à dépecer à lame pointue, le dos gravé au dragon menaçant, manche en corne sculptée en spirale garnie d'argent : fourreau en cuir vert rehaussé d'or et de couleurs ; garni d'argent. XVIIᵉ siècle.

Long. : 0m37.

68 — Couteau de chasse dit présentoir, lame gravée et armoiries ; manche à quatre faces en bois noir orné de fines incrustations de filets d'argent au milieu desquelles se dessinent des écussons à

épis croisées et des rinceaux entrelacés. Monture en cuivre gravé à écusson avec chiffre C. H. couronné. Allemagne, XVII$^{e}$ siècle.

Voir *Catalogue A. Pabst*, n° 323.
Collection Paul, 1305.

Long. : 0$^{m}$41.

69 — Couteau de chasse à lame contournée avec poinçons de Maître ; manche en corne noire incrustée d'argent, décor à sujets de chasse au milieu d'arabesques feuillagées. XVII$^{e}$ siècle.

Long. : 0$^{m}$32.

70-71-72 — Service de veneur composé de trois pièces : couteau présentoir, couteau à dépecer et fourchette à piquer, lames avec poinçons. Manches en ivoire à huit faces cintrées ornées de fines incrustations d'argent ; viroles en fer clouté d'argent. Allemagne, XVII$^{e}$ siècle.

Couteau présentoir, long. : 0$^{m}$54.
Couteau à dépecer, long. : 0$^{m}$48.
Fourchette, long. : 0$^{m}$42.

73-74 — Couvert de chasse : couteau et fourchette à deux dents, lame avec poinçons et inscriptions MORITZBURG. Manche en ivoire forme octogonale orné d'un fin cloutage d'argent, monture en argent gravé. Allemagne, vers 1700.

Voir *Catalogue A. Pabst*, n° 9.

Couteau, Long. : 0$^{m}$30.
Fourchette — 0$^{m}$28.

75 — Fourchette à deux dents en fer, manche en bois sculpté offrant un groupe de quatre figures

allégoriques représentant : la Justice, l'Espérance, la Foi et la Charité, surmontées de quatre têtes de chérubins couronnées par un lion couché tenant dans sa gueule un anneau à suspendre. Allemagne, XVIIIe siècle.

Voir *Catalogue A. Pabst*, n° 18.

Long. : 0m25.

76-77 — Couvert de chasse lame et manche tout d'une pièce en fer forgé et ajouré à rubans enroulés Allemagne XVIIIe siècle.

Voir *Catalogue A. Pabst*, n° 10.

Couteau. Long. : 0m30.
Fourchette. Long. : 0m26.

78 — Grand couteau de chasse à dépecer, lame en fer gravé et ciselé offrant d'un côté une figure de piqueur assis tenant dans sa main des balances au dessus desquelles on lit les lettres V. E. G ; de l'autre côté un lion en furie et sur toute la longueur de la lame sont dessinés des quadrupèdes et des volatiles au milieu de plumes et de palmes. Manche en bronze ciselé et doré formé d'une cariatide d'animal fantastique au corps de poisson et à tête de tigre la gueule menaçante. Pièce intéressante. Portugal, fin du XVIe siècle.

Long. : 0m43.

78 *bis* — Couteau de chasse dit présentoir, lame avec poinçon et fleur de lys ; manche en ivoire sculpté en forme de gaine cannelée surmontée d'un

masque fabuleux riant la bouche très ouverte, montrant ses dents et sa langue, encadré de feuillages ; dans sa gaine en cuir rouge. Travail d'un caractère intéressant. Fin du XVI^e siècle, ou commencement du XVII^e siècle.

Long. : 0^m5...

## COUVERTS ET PIÈCES DE VOYAGE

79-80 — Couvert de voyage : couteau et fourchette lame gravée au talon, dessin à arabesques feuillagées, manches en bronze ciselé et doré orné de feuillages, surmontés de vases à godrons en saillies et de chapiteaux avec plaquettes de nacre au milieu sur chaque face. Italie, XVI^e siècle.

Voir *Catalogue A. Pabst*, n° 92.
Collection Paul n° 1224.

Couteau. Long. : 0^m19.
Fourchette. Long. : 0^m17.

81-82 — Petit couvert de voyage en fer ciselé, fond rehaussé de vestiges de dorure ; manches à feuillages se terminant par des chapiteaux ioniens supportant des vases, avec plaquettes de nacre sur chaque face ; lame poinçonnée. Italie, XVI^e siècle.

Voir *Catalogue A. Pabst*, n° 44.

Couteau. Long. : 0^m18.
Fourchette. Long. : 0^m16.

83-84 — Couvert de voyage : fourchette à trois dents et couteau à lame poinçonnée. Manches en argent finement ciselé, extrémités en cristal de roche à huit faces se terminant par un bouton en argent doré et filigrané. Augsbourg. xvi<sup>e</sup> siècle.

Couteau. Long. : 0m21.
Fourchette. Long. : 0m16.

85-86 — Couteau à lame poinçonnée et fourchette à deux dents, manches en ivoire finement sculpté tout d'une pièce, offrant sur trois étages superposés des scènes de fêtes champêtres composées de nombreux personnages. Travail très remarquable par la composition et les groupements des figures caractérisant bien les mœurs et les costumes de l'époque et rappelant par le caractère et l'expression des physionomies les plus jolis travaux de l'époque par les meilleurs artistes. Allemagne. xvi<sup>e</sup> siècle.

Voir *Catalogue A. Pabst*, n° 155.

Couteau. Long. : 0m22.
Fourchette. Long. : 0m18.

87-88-89 — Couvert de voyage composé d'un couteau à lame poinçonnée et d'une fourchette à deux dents, manches en argent gravé. Dans une gaine en buis finement sculpté représentant en bas-relief sur une face trois sujets superposés : le Christ devant Pilate, le Denier de saint Pierre et le Christ au mont Olive, sur l'autre face la Crucifiction, la Descente de croix et l'Ange sur le tombeau du Christ, dans le bas, la date 1598 ; monture en argent gravé, dessin à arabesques au chiffre W de chaque côté de la gorge. Précieux travail allemand de la fin du XVIe siècle.

Voir *Catalogue A. Pabst*, n° 24.
Collection Paul, n° 1215.

Long. : 0m28.

90-91 — Deux pièces : couteau à lame cintrée gravée d'arabesques près du talon sur fond noirci ; elle offre de chaque côté des figures d'amours. Le manche en fer gravé présente sur chaque face et rehaussé de vestiges de dorure, une ornementation raphaélesque. La fourchette beaucoup plus petite que le couteau est analogue comme travail. Italie, XVIe siècle.

Voir *Catalogue A. Pabst*, n° 45.
Collection Paul, n°s 1230-1231.

Couteau. Long. : 0m23.
Fourchette. Long. : 0m15.

92-95 — Couvert de voyage composé d'un couteau à lame effilée et poinçonnée, gravée au talon ; de deux fourchettes à deux dents avec manches en argent forme gaîne surmontée de têtes de personnages enveloppées de volutes. Accompagné d'un étui en galuchat monté en argent ciselé offrant, sous des arceaux, des sujets en bas-relief et ajourés tel que la Chaste Suzanne surprise par les vieillards, la Justice et une femme se poignardant. Allemagne, XVIe siècle.

Voir *Catalogue A. Pabst*, n° 218.
Collection Milani.
Collection Paul, n° 1214.

Gaîne. Long. : 0m23.
Couteau. Long. : 0m20.
Fourchette. Long. : 0m18.

96-97 — Couteau et fourchette en fer, lame poinçonnée, manches en nacre avec incrustations d'ivoire teinté, en forme de cœur, monture en cuivre clouté d'incrustations se terminant en palmes. Allemagne, XVI^e siècle.

Voir *Catalogue A. Pabst*, n° 177.

Couteau. Long. : 0^m23.
Fourchette. Long. : 0^m22.

98-99 — Couteau et fourchette en fer, manches couverts d'argent en forme de gaîne gravée sur les deux faces, représentant sous des arceaux des scènes allégoriques aux histoires de l'Enfant prodigue, de Joseph et M^me Putiphar, Pyrame et Thisbé, des figures de Junon, d'Apollon, de la Terre et de l'Eau. En haut, des figures au milieu de fleurs. Allemagne, commencement du XVI^e siècle.

Voir *Catalogue A. Pabst*, n° 65.

Couteau. Long. : 0^m13.
Fourchette. Long. : 0^m16.

100-101 — Couteau et fourchette à deux dents, lame poinçonnée, manches couverts d'argent gravé dessin à arabesques, XVII^e siècle.

Couteau. Long. : 0^m19.
Fourchette. Long. : 0^m18.

102-103 — Couteau et fourchette à deux dents, manches en argent gravé offrant des scènes bibliques et du Nouveau Testament, extrémités finement découpées à jour. Sur les dos des manches on lit :

*Gesche von Eitzen 1626* et *Amélien Van Henron*. France, XVII^e siècle.

Voir *Catalogue A. Pabst*, n° 67.

Couteau. Long. : 0^m18.
Fourchette. Long. : 0^m17.

104-105 — Couteau à lame poinçonnée et fourchette à trois dents, manches en argent niellé, dessin à arabesques avec viroles et rosaces en vermeil. Autour des viroles on lit : « Anna Symens » Allemagne, XVII^e siècle.

Voir *Catalogue A. Pabst*, n° 68
Collection Paul n° 1219.

Couteau. Long. : 0^m17
Fourchette. Long. : 0^m14

106-107-108 — Couvert de gala composé d'un petit couteau à lame poinçonnée et d'une petite fourchette à trois dents, manches massifs en or finement ciselé et émaillé en forme de colonne torse toute enguirlandée de feuilles de vigne. Le haut se terminant d'un côté par un mascaron surmonté d'une coquille dans laquelle s'abrite un enfant assis jouant du tambourin et un autre jouant de la flûte. La gaîne en galuchat gris avec monture en or, présente une guirlande de feuillage, sur le poussoir une tête de roi de l'antiquité, à la charnière un masque d'homme barbu et un groupe de deux enfants musiciens. Le culot offre deux médaillons à masques de personnages sur un fond treillagé de feuilles de vigne. Précieux travail de la fin du XVI^e siècle.

Gaine. Long. : 0^m20.
Couteau. Long. : 0^m13.
Fourchette. Long. : 0^m14.

109-110 — Couteau à lame poinçonnée et fourchette à deux dents, manches en ambre transparent avec médaillons à sujets bibliques se détachant sous forme de camées, l'extrêmité dessinant des godrons contournés, monture en fer avec ornements en argent. Allemagne. xvii<sup>e</sup> siècle.

> Voir *Catalogue A. Pabst*, n° 138.
> Collection Paul n° 1203.
>
> Couteau, Long. [illegible]
> Fourchette, Long. [illegible]

111-112 — Petit couteau à lame poinçonnée et petite fourchette à deux dents; manches en ambre sculpté et gravé forme gaines avec bustes de personnages. Allemagne. xvii<sup>e</sup> siècle.

> Voir *Catalogue A. Pabst*, n° 136.
>
> Couteau, Long. [illegible]
> Fourchette, Long. [illegible]

113-114. — Couteau à lame poinçonnée et couronnée et fourchette à deux dents : manches en ambre clair en forme de gaine offrant en transparent des motifs à arabesques, se terminant par des bustes de personnages, Kœnisgberg. xvii siècle.

> Voir *Catalogue A. Pabst*, n° 137.
> Collection Paul, n° 127.
>
> Couteau, Long. [illegible]
> Fourchette, Long. [illegible]

115-116 — Couteau à lame poinçonnée et fourchette à quatre dents ; manches en ambre clair, forme gaine avec médaillons à sujets mythologiques et ornements transparents sous forme de camées surmontés de têtes de personnages, coiffures à la Louis XIII. Viroles ornées d'applications d'argent. Allemagne, XVII^e siècle.

Voir *Catalogue A. Pabst*, n° 139.
Collection Paul, n° 1986.

Couteau. Long.: 0m22.
Fourchette. Long.: 0m19.

117-118 — Petit couteau à lame poinçonnée et fourchette à deux dents, manches en agate, montures en argent doré et émaillé à fleurs. Allemagne, XVII^e siècle

Voir *Catalogue A. Pabst*, n° 132.
Collection Paul, n° 1298.

Couteau. Long. : 0m17.
Fourchette. Long. : 0m16.

119-120-121 — Couvert de voyage composé d'un couteau à lame poinçonnée et d'une fourchette à deux dents avec manches en ivoire représentant Adam et Eve debout. Dans une gaine d'ivoire offrant en bas relief d'un côté David jouant du luth et de l'autre un jeune guerrier casqué, surmontés d'ornements avec têtes de chérubins, France, XVII^e siècle.

Gaine. Long. : 0m19.
Couteau. Long.: 0m21.
Fourchette. Long. : 0m19.

122-123 — Couteau et fourchette avec manches en ivoire forme cariatides d'homme à tête casquée et de femme coiffée d'un turban. Allemagne, XVII^e siècle.

Voir *Catalogue A. Pabst*, n° 130.

Couteau. Long. : 0m22.
Fourchette. Long. : 0m21.

124-125 — Couteau à lame poinçonnée et fourchette à deux dents avec manches en ivoire en forme de cariatides de personnages coiffés de turbans, habillés de cottes de mailles avec collier et diadème en ambre incrusté. Fin du XVI<sup>e</sup> siècle.

Voir *Catalogue A. Pabst*, n° 151.
Collection Paul, n° 1294.

Couteau. Long. : 0m24.
Fourchette. Long. : 0m21.

126-129 — Couvert de voyage : couteau à lame poinçonnée gravée au talon avec manche en ivoire sculpté à figure de guerrier debout ; petit couteau et fourchette avec manches en ivoire à tête d'homme et de femme sur gaine. Accompagné d'une gaine en ivoire offrant en bas-relief un personnage debout portant une corbeille de fruits sur sa tête, posant sur une console à mascaron. Monture en argent gravé. France, XVII<sup>e</sup> siècle.

Gaine. Long. : 0m26.
Grand couteau. Long. : 0m24.
Petit couteau. Long. : 0m18.
Fourchette. Long. : 0m16.

130-131-132 — Service de voyage composé d'un couteau à lame poinçonnée, une fourchette à deux dents et une gaîne en argent, offrant sur fond d'émail bleu des arabesques fleuries et des bustes de personnages à têtes laurées. Saxe, XVII<sup>e</sup> siècle.

Voir *Catalogue A. Pabst*, n° 157.
Collection Paul, n° 1263.

Gaîne. Long. : 0m15.
Couteau. Long. : 0m14.
Fourchette. Long. : 0m12.

133-134 — Couteau à lame poinçonnée et fourchette à deux dents, manches en argent fond émaillé noir avec arabesques fleuries réservées et en partie dorées; sur chaque face au milieu se détachent en relief et dorés sur fond bleu des bustes d'enfants. Les extrémités en vermeil et gravé offrent les armes d'un électeur de Saxe. Saxe, XVIIe siècle.

Voir *Catalogue A. Pabst*, n° 108.
Collection Paul, n° 1285.

Couteau. Long. : 0m20.
Fourchette. Long. : 0m19.

135-136 — Petit couvert de voyage : couteau à lame poinçonnée et fourchette à deux dents s'enchassant l'un dans l'autre. Manches en argent émaillé fond blanc décor à fleurettes et palmes en bleu et rouge, partie à gouttelettes imitant la malachite. Saxe, XVIIIe siècle.

Voir *Catalogue A. Pabst*, n° 112.

Couteau. Long. : 0m15.
Fourchette. Long. : 0m13.

137-138-139 — Service de voyage : couteau à lame façonnée et fourchette à deux dents, manches en argent orné de feuillages, dans une gaine gravée à huit pans et avec chaîne à suspendre. Allemagne, XVIIe siècle.

Voir *Catalogue A. Pabst*, n° 220.

Gaine. Long. : [illegible].
Couteau. Long. : [illegible].
Fourchette. Long. : 0m16.

140-141 — Couteau et fourchette manches en argent

ciselé tenu par une main émergeant d'une tête de dauphin. Allemagne, XVII<sup>e</sup> siècle.

Voir *Catalogue A. Pabst*, n° 73.

Couteau. Long. : [illegible]

Fourchette. Long. : [illegible]

142-143 — Couteau à lame poinçonnée et fourchette à deux dents, manches en argent forme de gaines surmontées de bustes allégoriques de roi et de reine ailés. Allemagne, XVI<sup>e</sup> siècle.

Voir *Catalogue A. Pabst*, n° [illegible].

Couteau. Long. : [illegible]

Fourchette. Long. : [illegible]

144-145 — Couteau et fourchette de poupée, avec manches en argent gravé aux armes de Saxe. Allemagne, XVII<sup>e</sup> siècle.

Couteau. Long. : [illegible]

Fourchette. Long. : [illegible]

146-147 — Couteau à lame poinçonnée et fourchette à deux dents, manches recouverts d'argent gravé, dessin à fleurs lobées, têtes de chérubins et double-aigle. Allemagne, XVII<sup>e</sup> siècle.

Voir *Catalogue A. Pabst*, n° 72.

Couteau. Long. : [illegible]

Fourchette. Long. : 0<sup>m</sup>17.

148-149 — Couteau et fourchette avec manches en argent cannelé se terminant par des motifs finement repercés à jours simulant des chapiteaux supportant des couronnements. Allemagne, XVII<sup>e</sup> siècle.

Voir *Catalogue A. Pabst*, n° 82.

Couteau. Long. : 0<sup>m</sup>20.

Fourchette. Long. : 0<sup>m</sup>19.

150-151 — Couteau à lame poinçonnée et fourchette à trois dents; manches en argent gravé dans la partie inférieure, le haut offrant des motifs à rosaces, superposées en vermeil filigrané. Italie XVII^e^ siècle.

Voir *Catalogue A. Pabst*, n° 86.
Collection Nieuwerkerke.
Collection Paul, n° 1218.

Couteau. Long. : 0m20
Fourchette. Long. : 0m18.

152-153 — Couteau à lame poinçonnée et gravée au talon, manches recouverts d'argent décoré d'oiseaux et d'arabesques au chiffre M M. enlacés. XVII^e^ siècle.

Voir *Catalogue A. Pabst*, n° 80.

Couteau. Long. : 0m17.
Fourchette. Long. : 0m16.

154-155 — Couteau à lame poinçonnée et se fermant, et fourchette à deux dents creusées à l'intérieur, manches en ivoire forme gaines à saillies ornées d'incrustations d'argent de fleurs et rinceaux. XVII^e^ siècle.

Voir *Catalogue A. Pabst*, n° 122.

Couteau. Long. : 0m20.
Fourchette. Long. : 0m18.

156-157 — Couteau à lame poinçonnée et fourchette à deux dents avec manches en bois finement clouté d'argent. Allemagne, XVII^e^ siècle.

Voir *Catalogue A. Pabst*, n° 123.
Collection Paul, n° 1209.

Couteau. Long. : 0m19
Fourchette. Long. : 0m18.

158-159 — Petit couteau à lame poinçonnée et fourchette à deux dents, manches en bois finement incrusté et clouté d'argent. Allemagne, XVII^e^ siècle.

Voir *Catalogue A. Pabst*, n° 124.

Couteau. Long. : 0^m^17.
Fourchette. Long. : 0^m^14.

160-161 — Couteau à lame poinçonnée et fourchette à deux dents, manches recouverts d'argent, modèle cannelé. Allemagne, XVII^e^ siècle.

Voir *Catalogue A. Pabst*, n° 80.

Couteau. Long. : 0^m^20.
Fourchette. Long. : 0^m^15.

162-163 — Couteau et fourchette avec manches garnis d'argent gravé ornés de mufles de lions avec anneau à suspendre. Tyrol, XVII^e^ siècle.

Voir *Catalogue A. Pabst*, n° 188.
Collection Paul, n° 1288.

Couteau. Long. : 0^m^19.
Fourchette. Long. : 0^m^14.

164-165 — Couteau et fourchette à deux dents, manches en bronze à cariatides de guerriers romains sur gaines à feuillages XVII^e^ siècle.

Couteau. Long. : 0^m^17.
Fourchette. Long. : 0^m^16.

166-167 — Couteau à lame poinçonnée et fourchette à trois dents en argent, manches en bronze ciselé et doré à têtes de dauphins sur corps en spirales feuillagées. Allemagne, XVII^e^ siècle.

Voir *Catalogue A. Pabst*, n° 96.

Couteau. Long. : 0^m^21.
Fourchette. Long. : 0^m^16.

168-169 — Couteau à lame poinçonnée et fourchette à deux dents, manches en bronze ciselé et doré, fusées facetées le haut en forme de chapiteaux surmonté d'un motif à têtes de chérubins. Allemagne. XVII^e siècle.

Voir *Catalogue A. Pabst*, n° 79.
Collection Paul, n° 1,287.

Couteau. Long. : 0^m19.
Fourchette. Long. : 0^m19.

170-171 — Couteau à lame poinçonnée et fourchette. Manches en fer ciselé et bleui à cariatides d'enfants sur gaines à volutes. Allemagne. XVII^e siècle

Voir *Catalogue A. Pabst*, n° 46.
Collection Paul, n° 1225.

Couteau. Long. : 0^m18.
Fourchette. Long. : 0^m13.

172-173-174 — Couvert : couteau et fourchette avec manches en fer ciselé, ornés chacun de plaques de nacre entrecoupées d'un chapiteau viroles à feuilles d'acanthe ; dans une gaîne en fer repercé à jour offrant un personnage debout, un double aigle héraldique et des attributs de chasse, et de l'autre côté la date 1652 et les lettres H. S. Allemagne, XVII^e siècle.

Voir *Catalogue A. Pabst*, n° 222.

Gaine. Long. : 0^m30.
Couteau. Long. : 0^m27.
Fourchette. Long. : 0^m26.

175-186 — Six petits couverts, couteaux à lames poinçonnées et fourchette à deux dents avec manches en fer doré enrichis de pierreries et ornés sur chaque face de plaquettes de nacre. Allemagne, XVII^e siècle.

Voir *Catalogue A. Pabst*, n° 181.
Collection Paul, n°s 1260 et 1340.

Couteau. Long. : 0m19.
Fourchette. Long. : 0m16.

187-188 — Couteau à lame poinçonnée et fourchette à deux dents avec manches en nacre, monture en cuivre gravé et incrusté d'ivoire teinté. Allemagne, XVII^e siècle.

Voir *Catalogue A. Pabst*, n° 182.
Collection Paul n° 1293.

Couteau. Long. 0m18.
Fourchette. Long. : 0m18.

189-190 — Couteau à lame poinçonnée et fourchette à deux longues dents effilées, manches en nacre gravée, dessin à la tulipe, monture en cuivre clouté de nacre. Allemagne, XVII^e siècle.

Voir *Catalogue A. Pabst*, n° 185.

Couteau. Long. : 0m18.
Fourchette. Long. : 0m17.

191-192 — Petit couteau à lame poinçonnée et fourchette à deux dents effilées, manches en cuivre gravé orné de nacre. Allemagne, XVII^e siècle.

Voir *Catalogue A. Pabst*, n° [illegible].

Couteau. Long. : 0m20.
Fourchette. Long. : 0m18.

193-196 — Service de voyage : grand couteau, petit couteau et fourchette à deux dents, manches en nacre avec montures en cuivre martelé et gravé incrusté d'ivoire teinté, gaîne en cuir noir gravé. Allemagne, XVII^e siècle.

Gaine. Long. : 0^m25.
Grand couteau. Long. : 0^m25.
Petit couteau. Long. : 0^m20.
Fouchette. Long. : 0^m18.

197-221 — Service de table composé d'un couteau à dépecer, une fourchette à piquer et onze paires de couverts à poisson à manches plaqués de nacre, montures et viroles gravées. Gaîne à compartiments sur base en cuir gravé, daté 1692. Allemagne, XVII^e siècle.

Voir *Catalogue A. Pabst*, n° 185.
Collection Paul n° 1266.

Couteau à dépecer. Long. : 0^m25.
Fourchette à piquer. Long. : 0^m 23.
Couteaux. Long. : 0^m18.
Gaine. Haut. : 0^m30.

222-223 — Couteau à lame poinçonnée et fourchette à trois dents dont deux dentelées se pliant, en fer ciselé, manches en agate appliquée d'ornements en argent ajouré. Allemagne, XVII^e siècle.

Voir *Catalogue A. Pabst*, n° 198
Couteau. Long. : 0^m15.
Fourchette. Long. : 0^m51.

224-225 — Couteau et fourchette à trois dents, manches ornés de plaques d'ivoire teinté vert garni de petites appliques d'argent dessin à rosaces. Allemagne, XVII^e siècle.

Voir *Catalogue A. Pabst*, n° 191
Collection Paul n° 1295.
Couteau. Long. : 0^m16.
Fourchette. Long. : 0^m16.

226-227 — Couteau à lame pliante et fourchette à deux dents creuses à l'intérieur, avec manches en écaille garnie d'applications d'argent à fleurs et feuillages. Allemagne, xviie siècle.

Voir *Catalogue A. Pabst*, n° 190.

Couteau. Long. : 0m12.
Fourchette. Long. : 0m13.

228-229 — Couteau à lame poinçonnée et fourchette à deux dents, pouvant se fermer, manches en corne garnis de rosaces. Allemagne, xviie siècle.

Voir *Catalogue A. Pabst*, n° 189.

Couteau. Long. : 0m18.
Fourchette. Long. : 0m18.

230-231 — Couteau et fourchette à deux dents, manches formés de pieds de biche, fers en argent. Allemagne, xviie siècle.

Voir *Catalogue A. Pabst*, n° 173.

Couteau. Long. : 0m22.
Fourchette. Long. : 0m18.

232-233-234 — Couvert de voyage : couteau à lame poinçonnée et fourchette à dents effilées, manches en argent ciselé à bustes de personnages, cartouches et volutes. Accompagné de la gaine en argent ciselé et ajouré à fleurs et volutes, extrémité à figures d'enfants pour suspendre. Fin du xviie siècle.

Voir *Catalogue A. Pabst*, n° 219.
Collection Paul n° 1267.

Gaine. Long. : 0m21.
Couteau. Long. : 0m22.
Fourchette. Long. : 0m22.

5

**235-236** — Couteau à lame poinçonnée et fourchette à deux dents avec manches en bronze émaillé forme gaine surmontés de deux figurines joueurs de cornemuse. Fin du XVII^e siècle.

*Catalogue A. Pabst*, n° 104.
Collection Paul, n° 1328.

Couteau. Long. : 0m20.
Fourchette. Long. : 0m19.

**237-238** — Couteau à lame poinçonnée et fourchette à dents longues et effilées, manches en bronze formés par des statuettes de dames nobles. Allemagne ou Hollande commencement du XVIII^e siècle.

*Catalogue A. Pabst*, n° 99.
Collection Paul, n° 1292.

Couteau. Long. : 0m22.
Fourchette. Long. : 0m20.

**239-240** — Petit couteau et petite fourchette, manches en bronze ciselé et doré forme gaine coquillée surmontée d'un pied de biche. Allemagne, XVIII^e siècle.

*Catalogue. A. Pabst*, n° 98.
Collection Paul, n° 1322.

Couteau. Long.: 0m16.
Fourchette. Long.: 0m15.

**241-242** — Couteau à lame poinçonnée et fourchette à trois dents en argent, manches en porcelaine de Meissen, décor à petits médaillons avec vues de villes et de ports animés de personnages au milieu d'ornements dorés sur fond blanc. Meissen, XVIII^e siècle.

Voir *Catalogue A. Pabst*, n° 212.
Collection Paul n° 1321.

Couteau. Long. : 0^m20.
Fourchette. Long. : 0^m17.

243-244 — Couteau à lame poinçonnée et fourchette à deux dents, avec manches en ivoire sculpté représentant des combats entre des chiens, des lions, des ours, des cerfs et des sangliers, virole, en argent gravé. Allemagne, commencement du XVIII^e siècle.

*Catalogue A. Pabst*, n° 155.

Couteau. Long. : 0^m22.
Fourchette. Long. : 0^m22.

245-246 — Couteau à lame poinçonnée et fourchette à dents longues et effilées, manches en ivoire sculpté représentant des figures de femmes allégoriques à l'Amour et à l'Espérance. Allemagne du Nord, XVIII^e siècle.

Couteau. Long. : 0^m17.
Fourchette. Long. : 0^m17.

247-248 — Couteau à lame poinçonnée et petite fourchette à deux dents avec manches en ivoire sculpté à chute de fruits, viroles argent gravé. Allemagne, XVIII^e siècle.

*Catalogue A. Pabst*, n° 163

Couteau. Long. : 0^m21.
Fourchette. Long. : 0^m14.

249-250 — Couvert de voyage : couteau et fourchette à trois dents, manches en agate à pans, viroles et dos de la lame en or. Allemagne, XVIII$^{e}$ siècle.

Voir *Catalogue A. Pabst*, n° 133.

Couteau. Long. : 0$^{m}$18.
Fourchette. Long. : 0$^{m}$14.

251-252 — Couvert de voyage composé d'un couteau à lame poinçonnée et d'une fourchette à quatre dents, manches en ivoire sculpté et teinté brun représentant des groupes de figures allégoriques à l'Amour, à l'Espérance et à la Justice, surmontés de têtes d'enfants. Allemagne, XVIII$^{e}$ siècle.

*Catalogue A. Pabst*, n° 164.

Couteau. Long. : 0$^{m}$25.
Fourchette. Long. : 0$^{m}$20.

253-254 — Couteau à lame poinçonnée et fourchette à quatre dents, manches en buis sculpté offrant en bas-relief des scènes de l'Ancien Testament, surmontées de figures allégoriques de l'Espérance, de l'Amour, la Justice, la Foi et la Piété, le haut ajouré. XVIII$^{e}$ siècle.

*Catalogue A. Pabst*, n° 170.

Couteau. Long. : 0$^{m}$22.
Fourchette. Long. : 0$^{m}$19.

255-256 — Couteau à lame poinçonnée et fourchette à deux dents effilées, avec manches en corne sculptée représentant des boucs émergeant à mi-corps d'une gaine à coquille. Styrie, XVIII$^{e}$ siècle.

Voir *Catalogue A. Pabst*, n° 166.

Couteau. Long. : 0$^{m}$24.
Fourchette. Long. : 0$^{m}$22.

257-258 — Couvert de voyage : couteau à lame poinçonnée et fourchette à deux dents, manches en bois incrusté d'ornements à rosaces, viroles en argent. Moravie, XVIIIe siècle.

Voir *Catalogue A. Pabst*, n° 194.

Couteau. Long. : 0m21.
Fourchette. Long. : 0m20.

259-260 — Couvert de voyage composé d'un couteau à lame poinçonnée et fourchette à deux dents effilées, manches gravés et argentés aux armes saxonnes, avec appliques d'écaille incrustées d'argent à figures de dieux. Saxe, XVIIIe siècle.

Voir *Catalogue A. Pabst*, n° 174.
Collection Paul, n° 1320.

Couteau. Long. : 0m16.
Fourchette. Long. : 0m16.

261-262 — Couteau et fourchette, manches offrant d'un côté des plaquettes de nacre cloutée d'argent et de l'autre côté des plaques gravées à scènes de chasse. Saxe, XVIIIe siècle.

Voir *Catalogue A. Pabst*, n° 175.

Couteau. Long. : 0m16.
Fourchette. Long. : 0m15.

263-264 — Couvert de voyage : couteau à lame poinçonnée et fourchette à deux dents longues et effilées, manches en écaille. XVIIIe siècle.

Voir *Catalogue A. Pabst*, n° 176.
Collection Paul, n° 1289.

Couteau. Long. : 0m19.
Fourchette. Long. : 0m16.

265-266 — Couteau et fourchette à deux dents,

manches garnis d'argent gravé avec plaquettes de nacre. Allemagne, XVIIIe siècle.

Voir *Catalogue A. Pabst*, n° 179.

Couteau. Long. : 0m15.
Fourchette. Long. : 0m14.

267-268 — Service de voyage : couteau et fourchette à deux dents effilées reliées par un ornement découpé se terminant par une perle et une boule en corail, manches en os garni de cuivre ciselé, viroles et attaches des dents et de la lame en cuivre ciselé à coquilles. Péninsule des Balkans (?) XVIIIe siècle.

Voir *Catalogue A. Pabst*, n° 246.

Couteau. Long. : 0m24
Fourchette. Long. : 0m19.

269-270 — Couvert de voyage composé d'un couteau et d'une fourchette à deux dents, avec manches en corne garnie d'argent gravé et orné de rosaces. Allemagne, XVIIIe siècle.

Voir *Catalogue A. Pabst*, n° 192.

Couteau. Long. : 0m17.
Fourchette. Long. : 0m18.

271-272 — Service de voyage composé d'un couteau et d'une fourchette pouvant se plier, avec manches en fer incrusté d'argent en relief à scènes de chasse. Les dos des manches et de la lame sont ciselés à petits ornements. Allemagne, XVIIIe siècle.

Voir *Catalogue A. Pabst*, n° 121.

Couteau. Long. : 0m20.
Fourchette. Long. : 0m19.

273-274 — Couvert de voyage composé d'un couteau à lame poinçonnée et d'une fourchette, manches recouverts de broderie de perles polychromes. XVIIIe siècle.

Couteau. Long. : 0m21.
Fourchette. Long. : 0m20.

275 à 278 — Couvert de voyage composé de deux petits couteaux et d'une petite fourchette à deux dents, manches en bois, montures argentées. Dans une gaine en cuivre gravé et argenté sur fond de velours, dessin ajouré à vases fleuris, avec chaîne et agrafe. Tyrol. XVIIIe siècle.

Voir *Catalogue A. Pabst*, n° 223.

Gaine. Long. : 0m21.
Couteau. Long. : 0m16.
Fourchette. Long. : 0m12.

## COUVERTS DE TABLE

279 à 282 — Couvert composé de quatre pièces : couteau, fourchette, grande cuiller à coquille de nacre et petite cuiller se terminant par un coquillage. Les manches sont en ivoire teinté de diverses couleurs et enrichis de pierreries et matières précieuses, viroles ciselées à figures d'enfants. Venise, XVIe siècle.

Voir *Catalogue A. Pabst*, n° 165.
Collection Paul, n° 1216.

Couteau. Long. : 0m24.
Fourchette. Long. : 0m20.
Grande cuiller. Long. : 0m25.
Petite cuiller. Long. : 0m12.

283-285 — Couvert de gala composé d'un couteau à lame poinçonnée, talon gravé et doré, d'une fourchette à deux dents, d'une cuiller à coquille en cristal de roche gravé à fleurs. Les manches en cristal sont taillés à cannelures et spirales. XVII$^{e}$ siècle.

Voir *Catalogue A. Pabst*, n° 127.
Collection Paul, n° 1279.

Couteau. Long. : 0$^{m}$21.
Fourchette. Long. : 0$^{m}$18.
Cuiller. Long. : 0$^{m}$15.

286-288 — Couvert composé de trois pièces : couteau, fourchette et cuiller. Manches en cristal de roche taillé à canaux, viroles gravées. Allemagne, XVII$^{e}$ siècle.

Voir *Catalogue A. Pabst*, n° 128.
Collection comte Kuglevich.

Couteau. Long. : 0$^{m}$20.
Fourchette. Long. : 0$^{m}$18.
Cuiller. Long. : 0$^{m}$17.

289-290-291 — Service composé d'un couteau à lame poinçonnée et talon ciselé à tête de dauphin, d'une fourchette à trois dents et d'une cuiller à coquille en argent doré. Les manches divisés en quatre parties sont en cristal de roche séparées l'une de l'autre par des feuillages en argent gravé et doré. Allemagne, XVII$^{e}$ siècle.

Voir *Catalogue A. Pabst*, n° 129.

Couteau. Long. : 0$^{m}$24.
Fourchette. Long. : 0$^{m}$17.
Cuiller. Long. : 0$^{m}$17.

292-293-294 — Couvert de festin composé d'un couteau à lame poinçonnée, d'une fourchette à deux dents et d'une cuiller à coquille ovale, fuseaux des manches en agate surmontés de têtes casquées en argent doré. Viroles et tige de la fourchette en argent gravé et doré. Augsbourg, XVIIe siècle.

Voir *Catalogue A. Pabst*, n° 130.
Collection Paul, n° 1270.

Couteau. Long. : 0[m]19.
Fourchette. Long. : 0[m]19.
Cuiller. Long. : 0[m]18.

295-296-297 — Couvert composé d'un couteau à lame poinçonnée, d'une fourchette à deux dents en argent doré, et d'une cuiller; manches en agate fleurie taillée à pans, viroles et monture de la cuiller en argent doré et émaillé à fleurs. Allemagne, XVIIe siècle.

Voir *Catalogue A. Pabst*, n° 131.
Collection Paul, n° 1275.

Couteau. Long. : 0[m]20.
Fourchette. Long. : 0[m]18.
Cuiller. Long. : 0[m]14.

298-299-300 — Couvert composé de trois pièces à manches en ivoire sculpté ; ceux du couteau et de la fourchette représentent des groupes d'enfants jouant : celui de la cuiller en forme de gaine surmontée d'une figure d'enfant; viroles en argent doré enrichi de grenats. Dents de la fourchette et coquille de la cuiller en argent doré. XVIIe siècle.

Voir *Catalogue A. Pabst*, n° 154.

Couteau. Long. : 0[m]19.
Fourchette. Long. : 0[m]17.
Cuiller. Long. : 0[m]15.

6

301-302-303 — Couteau à lame poinçonnée, fourchette à deux dents en argent doré, et cuiller à coquille forme d'œuf en argent doré, avec manches en argent émaillé à fleurs polychromes sur fond blanc. XVII^e siècle.

Voir *Catalogue A. Pabst*, n° 101.

Couteau. Long. : 0^m16.
Fourchette. Long. : 0^m15.
Cuiller. Long. : 0^m16.

304-305-306 — Couvert composé d'un couteau à lame poinçonnée, d'une fourchette et d'une cuiller à dents et coquille en argent doré, manches en argent recouvert de filigranes d'argent doré et émaillé à feuillages fleuris. Transylvanie, XVII^e siècle.

Voir *Catalogue A. Pabst*, n° 103.
Collection Paul, n° 1273.

Couteau. Long. : 0^m16.
Fourchette. Long. : 0^m14.
Cuiller. Long. : 0^m18.

307-308-309 — Couvert composé d'un couteau à lame poinçonnée, une fourchette à deux dents effilées et dorées et une cuiller à coquille en argent doré. Manches émaillés dans le goût persan à fleurs et oiseaux sur fond bleu turquoise; viroles en fer doré. Allemagne, XVII^e siècle.

Voir *Catalogue A. Pabst*, n° 110.
Collection Paul, n° 1270.

Couteau. Long. : 0^m19.
Fourchette. Long. : 0^m15.
Cuiller. Long. : 0^m18.

310-311-312 — Couteau, fourchette à deux dents et cuiller à coquille en argent, manches en émail fond blanc à fleurs et volatiles enchâssés de cuivre argenté et gravé. Allemagne, XVII^e siècle.

Voir *Catalogue A. Pabst*, n° 111.
Collection Paul, n° 1271.

Couteau. Long. : 0^m15.
Fourchette. Long. : 0^m15.
Cuiller. Long. : 0^m13.

313-314-315 — Couteau à lame poinçonnée, fourchette à trois dents et cuiller à coquille en argent, manches en argent ciselé à mascarons, feuillagés. Le couteau surmonté d'un buste de femme sur gaîne se terminant par une tête de dauphin. Italie, XVII^e siècle.

Voir *Catalogue A. Pabst*, n° 88.

Couteau. Long. : 0^m17.
Fourchette. : Long. : 0^m15.
Cuiller. Long. : 0^m16.

316-317-318 — Couvert composé d'un couteau, d'une fourchette à deux dents et d'une cuiller à coquille d'argent, avec manches en argent ciselé dessinant deux avant-bras à poings fermés reliés par un motif d'ornement. XVII^e siècle.

Couteau. Long. : 0^m17.
Fourchette. Long. : 0^m15.
Cuiller. Long. : 0^m14.

319-320-321 — Couvert composé d'un couteau, d'une fourchette et d'une cuiller en argent ciselé et doré, dessin en relief à fleurs épanouies.

Coquille de la cuiller et dents de la fourchette en argent, lame acier. Nuremberg, XVII^e^ siècle.

Voir *Catalogue A. Pabst*, n° 77.

Couteau. Long. : 0m18.
Fourchette. Long. : 0m17.
Cuiller. Long. : 0m17.

322-323-324 — Couteau, fourchette et cuiller à coquille en argent, manches en argent ciselé et doré à spirales fleuries et feuillages. Augsbourg, XVII^e^ siècle.

Voir *Catalogue A. Pabst*, n° 76.

Couteau. Long. : 0m18.
Fourchette. Long. : 0m17.
Cuiller. Long. : 0m17.

325-326-327 — Couvert de voyage se pliant composé d'un couteau à lame poinçonnée, d'une fourchette à deux dents et d'une cuiller à coquille en argent doré, manches en fer damasquiné d'or à scènes de chasse et fleurs. Allemagne, XVII^e^ siècle.

Voir *Catalogue A. Pabst*, n° 120.
Collection Paul, n° 1278.

Couteau. Long. : 0m17.
Fourchette. Long. : 0m17.
Cuiller. Long. : 0m18.

328-329-330 — Couteau, fourchette et cuiller en argent niellé et gravé à fleurs, XVII^e^ siècle.

Couteau. Long. : 0m16.
Fourchette. Long. : 0m16.
Cuiller. Long. : 0m18.

331-332-333 — Couvert de poupée : couteau à lame poinçonnée, fourchette à trois dents et cuiller à coquille en forme d'œuf, tiges et manches en argent doré à cotes tournantes surmontés de figures d'enfants. Allemagne, XVII^e siècle.

Voir *Catalogue A. Pabst*, n° 237..
Collection Paul, n° 1280.
Couteau, fourchette. cuiller. Long. : 0m09

334-335-336-337 — Très petit couvert de poupée en argent, manche de couteau à buste d'homme Dans un écrin en cuir gravé. XVII^e siècle.

Voir *Catalogue A. Pabst*, n° 236.
Couteau, fourchette, cuiller. Long. : 0m03.

338-339-340 — Couvert composé d'un couteau à lame pointue, d'une fourchette à deux dents effilées et d'une cuiller à coquille ovale, manches en argent représentant des corps de femmes sur gaînes à perles. Allemagne, XVIII^e siècle.

Voir *Catalogue A. Pabst*, n° 87.
Collection Paul, n° 1,276.
Couteau, Long. : 0m19.
Fourchette. Long. : 0m20.
Cuiller. Long. : 0m21.

341-342-343 — Couteau, fourchette et cuiller en argent à côtes tournantes. Augsbourg, XVIII^e siècle.

Voir *Catalogue A. Pabst*, n° 78.
Couteau. Long. : 0m16.
Fourchette. Long. : 0m17.
Cuiller. Long. : 0m16.

344-345-346 — Couteau à lame courte et poinçonnée, fourchette à deux dents effilées. cuiller à coquille ovale, manches en vermeil gravé à fleurs et fruits. Augsbourg, XVIII$^e$ siècle.

Voir *Catalogue A. Pabst*, n° 77.

Couteau. Long.: 0$^m$17.
Fourchette. Long.: 0$^m$15.
Cuiller. Long.: 0$^m$14.

347-348-349-350-351 — Couvert de table composé de cinq pièces : couteau, fourchette à deux dents à virole en fer ciselé et doré, une cuiller à coquille ovale, deux très petits couteaux et fourchette. Manches en ivoire sculpté, dessin à perlés. Allemagne, XVIII$^e$ siècle.

Voir *Catalogue A. Pabst*, n° 157.
Collection Paul, n$^{os}$ 1,277 et 1,329.

Couteau. Long.: 0$^m$19.
Fourchette. Long.: 0$^m$19.
Cuiller. Long.: 0$^m$18.
Petit couteau. Long.: 0$^m$09.
Petite fourchette. Long.: 0$^m$08.

352-353-354-355 — Quatre pièces : couteau, fourchette, cuiller et cuiller à ragoût provenant du service renommé de la famille des Sulkowesky, en porcelaine de Saxe, à fleurs et armoiries. Allemagne, XVII$^e$ siècle.

Couteau. Long. : 0$^m$22.
Fourchette. Long. : 0$^m$18.
Cuiller. Long. : 0$^m$19.
Cuiller à ragoût. Long. : 0$^m$31.

356-357-358 — [illegible]uvert en cuivre ciselé et doré à coquilles feui[illegible]agées, manches du couteau et de la fourchette en porcelaine de Saxe à petits personnages. Epoque Louis XIV.

Couteau. Long. : 0m20.
Fourchette. Long. : 0m18.
Cuiller. Long. : 0m18.

359-360-361 — Couvert en argent doré à manches en corne de cerf sculptée à figures d'hommes et de femmes. Allemagne, XVIIIe siècle.

Voir *Catalogue A. Pabst*, n° 172.

Couteau. Long. : 0m22.
Fourchette. Long. : 0m22.
Cuiller. Long. : 0m20.

362-363-364 — Couvert composé d'un couteau à lame recourbée, d'une fourchette à trois dents, d'une cuiller à coquille ovale en argent gravé et doré ; manches en argent et filigrane. XVIIIe siècle.

Voir *Catalogue A. Pabst*, n° 85.
Collection Paul, n° 1327.

Couteau. Long. : 0m18.
Fourchette. Long. : 0m16.
Cuiller. Long. : 0m19.

365-366-367 — Couteau à lame longue et pointue, fourchette à deux dents et cuiller à coquille ovale en argent doré, manches en argent ciselé à petits personnages surmontés de groupes d'oiseaux. Holstein, XVIIIe siècle.

Voir *Catalogue A. Pabst*, n° 83.

Couteau. Long. : 0m18.
Fourchette. Long. : 0m15.
Cuiller. Long. : 0m17.

368-369-370-371-372 — Couvert de table dans une gaîne en cuir gravé composé d'un couteau à lame poinçonnée et talon gravé, d'une fourchette à trois dents longues, d'un fusil à aiguiser et d'une cuiller en argent gravé à armoirie épiscopale. Manches en argent gravé orné de plaquettes de corne incrustée d'argent. Bavière, XVIII^e^ siècle.

Voir *Catalogue, A. Pabst*, n° 224.

Gaine. Long. : 0m16.
Couteau. Long. : 0m25.
Fourchette. Long. : 0m22.
Fusil. Long. : 0m23.
Cuiller. Long. : 0m18.

373-374-375-376 — Couvert composé d'un couteau à lame étroite, d'une fourchette à deux dents, d'une cuiller à longue tige et coque ovale, et d'une petite cuiller en argent doré. Manches émaillés à petits médaillons en camaïeu rose à personnages et petits paysages. Ier Empire.

Voir *Catalogue, A. Pabst*, n° 113.
Collection Paul, n° 1,326.

Couteau. Long. : 0m18.
Fourchette. Long. : 0m18.
Cuiller Long. : 0m19.
Petite cuiller. Long. : 0m10.

377-378-379-380-381-382 — Service de voyage en argent ciselé, gravé, doré et enrichi de turquoises comprenant : une fourchette à trois dents, une cuiller et un couteau à manches d'agate, d'une cuiller à œufs, un coquetier et une petite boite à épices. Allemagne, XVIIIe siècle.

Voir *Catalogue, A. Pabst*, n° 234.
Collection Paul, n° 1319.

Fourchette. Long. : 0m18.
Cuiller. Long. : 0m18.
Cuiller à œufs. Long. : 0m16.
Coquetier. Haut. : 0m03.
Boite à épices. Haut. : 0m05.

383-384-385 — Couvert de gala composé de : 1° un couteau à lame damasquinée d'or à fleurs, manche en argent niellé et gravé, parties dorées ; 2° d'une fourchette à deux dents en argent doré, ciselé à côtes tournantes ; 3° d'une cuiller à tige et coquille en néphrite grise. Les manches sont surmontés de branchages en corail. Orient XVIIIe siècle.

Voir *Catalogue A. Pabst*, n° 245.

Couteau. Long. : 0m22
Fourchette. Long. : 0m21
Cuiller. Long. : 0m2[illegible].

# OBJETS DE VITRINE

## COUVERTS VARIÉS

386-390 — Petit couvert de voyage, composé de deux couteaux à lames de forme différentes, talons gravés et dorés ; d'une fourchette à deux dents et d'un poinçon ; manches gravés et dorés surmontés de vases sur pieds ajourés. Dans une gaîne en cuir à monture en cuivre gravé et doré à feuillages. Allemagne, XVI^e siècle.

Voir *Catalogue A. Pabst*, n° 91.

Couteau. Long. : 0m15.
Fourchette. Long. : 0m12.
Poinçon. Long. : 0m12.
Gaine. Long. : 0m15.

391 à 394 — Service de voyage, composé d'un couteau à lame longue, d'un poinçon à manches d'ivoire, d'une fourchette à deux dents à tige en argent surmontée d'une boule en filigrane d'argent doré, contenu dans une gaîne en cuir, recouvert d'anneaux avec gorge et extrémité en argent ajouré à têtes de chérubins et ornements avec chaîne à suspendre. Ce service faisait partie de l'argenterie trouvée à Ratisbonne. XVI^e siècle.

Couteau. Long. : 0m20.
Fourchette. Long. : 0m17.
Poinçon. Long. : 0m16.
Gaîne. Long. : 0m21.

395 à 399 — Service de voyage dans une gaîne en cuir gravé et ajouré, composé d'un couteau et d'une fourchette à manches d'argent gravé avec plaquettes en corne garnie d'argent et d'un fusil à couteau en fer ciselé à spirale perlée et pouvant former tire-bouchons. Bavière, XVIII^e siècle.

Voir *Catalogue A. Pabst*, n° 225.

Couteau. Long. : 0m22.
Fourchette. Long. : 0m21.
Poinçon. Long. : 0m19.
Gaine. Long. : 0m16.

400-402 — Petit nécessaire de dame composé d'un

couteau d'acier, fourchette à trois dents, d'un poinçon et d'une paire de ciseaux, manches en fer ciselé, gravé et doré avec plaquettes de nacre. XVI$^e$ siècle.

Voir *Catalogue A. Pabst*, n° 340.
Collection Paul, n° 1281.

Couteau. Long. : 0$^m$12.
Fourchette. Long. : 0$^m$12.
Poinçon. Long. : 0$^m$10.
Ciseaux. Long. : 0$^m$10.

403 à 406 — Nécessaire composé d'un couteau, d'une fourchette à manches en argent niellé et ornementé de cuivre et d'une paire de ciseaux, dans une gaîne en cuir noir gravé, avec monture en argent. Italie, XVI$^e$ siècle.

Couteau et fourchette. Long. : 0$^m$15.
Ciseaux. Long. : 0$^m$06.
Gaine. Long. : 0$^m$17.

407 à 410 — Nécessaire de voyage composé d'un couteau avec manche octogonal en argent niellé à feuillages, d'une fourchette en argent et d'une paire de ciseaux, contenus dans une gaine en cuir gravé garni d'argent. Italie, XVI$^e$ siècle.

Couteau. Long. : 0$^m$19.
Fourchette. Long. : 0$^m$14.
Ciseaux. Long. : 0$^m$06.
Gaine. Long. : 0$^m$16.

411 à 414 — Service de deux couteaux à lame poinçonnée et d'un poinçon avec manche en corne garnie d'argent gravé à arabesques et rosaces, dans une gaîne en cuir richement garni d'argent

gravé et accompagnée de sa chaîne et de son agrafe. Allemagne, XVII$^e$ siècle.

Couteau. Long. : 0$^m$20.
Poinçon. Long. : 0$^m$16.
Gaîne. Long. : 0$^m$20.

415 à 418 — Service composé de deux couteaux et d'un poinçon en fer ciselé, le fuseau du manche damasquiné d'or et se terminant par des têtes de lions, dans une gaîne en fer découpé et repercé, appliqué sur fond de velours. XVII$^e$ siècle.

Couteau. Long. : 0$^m$21.
Poinçon. Long. : 0$^m$18.
Gaîne. Long. : 0$^m$28.

419 — Fourchette à trois dents formant cuiller en ivoire sculpté à cariatide de femme, avec coulant mobile en ivoire sculpté à mascarons, tige surmontée d'un chapiteau corinthien. Allemagne, XVII$^e$ siècle.

Voir *Catalogue A. Pabst*, n° 297.
Collection Paul, 1261.

Long. : 0$^m$15.

420 — Cuiller à combinaison en argent avec tige formant fourchette et surmontée d'une cariatide d'homme casqué. Allemagne, commencement du XVII$^e$ siècle.

Voir *Catalogue A. Pabst*, n° 266.
Collection Paul, n° 1258.

Long. : 0$^m$16.

421-422 — Couvert en bois sculpté composé d'une fourchette à quatre dents forme gaîne feuillagée en relief surmontée d'un buste de femme, et d'une cuiller à coquille ovale rattachée au manche par un mascaron surmonté d'un buste d'homme. XVII^e siècle.

Fourchette. Long. : 0m16.
Cuiller. Long. : 0m16.

423 à 428 — Trois cuillers à coquilles en argent et trois fourchetttes à deux dents avec manches en buis sculpté, ceux des cuillers formant des groupes d'enfants jouant au milieu de rocailles et ceux des fourchettes représentant Hercule, Samson et David. Italie. XVIII^e siècle.

Voir *Catalogue A. Pabst*, n° 168.
Collection Paul, n° 1284.

Fourchette. Long. : 0m17.
Cuiller. Long. : 0m18.

429-431 — Service composé de deux baguettes en métal argenté et doré, étui en étoffe. Japon. XVIII^e siècle.

Long. : 0m[illegible].

432 — Service combiné en cuivre contenant un couteau, une fourchette, une plume, un poinçon, un encrier et un cachet. Allemagne. XVIII^e siècle.

Long. : 0m11.

433 — Couvert de chasse formé d'un pistolet à pierre, d'un couteau, d'une fourchette, d'un cachet, d'un garde-balles, et d'une poudrière. Allemagne. XVII^e siècle.

Voir *Catalogue A. Pabst*, n° 255.

Long. : 0m20.

434 — Couteau d'artisan à combinaison, comprenant deux lames, une fourchette, une scie, une vrille et un poinçon, le tout en fer. Allemagne, XVIIIe siècle.

Long. : 0m13.

## GAINES ET ÉTUIS

435 — Gaîne en cuivre finement ciselé et doré à sujets allégoriques représentant, la Vertu l'Amour, la Justice, au milieu d'ornements feuillagés et de têtes d'hommes et de femmes, extrémité à double figure de méduses. Suisse, XVIe siècle.

Long. : 0m22.

436 — Étui à couvert en cuivre noir ciselé à figures d'animaux fantastiques au milieu d'arabesques ornementées. Allemagne, XVIe siècle.

Voir *Catalogue A. Pabst*, n° 233.

Long. : 0m25.

437 — Gaîne à couteau en bois recouvert d'étain ajouré et gravé, dessin à grandes feuilles quadrillées, col et extrémité à figures allégoriques. Daté 1563.

Voir *Catalogue A. Pabst*, n° 226.

Long. 0m19.

438 — Étui de couteau en fer repoussé représentant des scènes du Nouveau Testament, compositions de nombreuses figures. Allemagne, XVIe siècle.

Voir *Catalogue A. Pabst*, n° 231.

Long : 0m19.

439 — Gaîne en ivoire gravé, dessin représentant le martyr d'un saint et un médaillon à buste de guerrier entre deux cariatides de femmes, gorge et pointe en argent gravé; accompagnée de sa chaîne. Allemagne. XVII siècle.

Long. : 0m18.

440 — Étui en bois couvert de velours bleu garni de cuivre repoussé et argenté à figure allégorique de la Fortune tenant la corne d'abondance, oreilles ajourées avec chaîne à suspendre. Allemagne, XVIIe siècle.

Voir *Catalogue A. Pabst*, n° 256.
Collection Gimbel.

Long. : 0m26.

441 — Gaîne de couteau à dépecer en ivoire sculpté à cannelures avec tête de chérubin au milieu de volutes. France, fin du XVIe siècle.

Long. : [illegible]

442 Étui à couvert en ivoire finement sculpté à figures allégoriques de l'Espérance, de la Foi, de la Pitié et de la Justice, couvercle en argent. France. XVII siècle.

Long. : 0m18.

443 — Gaîne en galuchat noir garni d'argent finement ciselé, doré et émaillé à fleurs et feuillage. Transylvanie, XVIIe siècle.

Voir *Catalogue A. Pabst*, n° 229.
Collection Paal, n° [illegible]44.

Long. : [illegible]

444 — Gaîne en filigrane, dessin à fleurs et feuillages au milieu d'élégants rinceaux, sur fond de velours rouge. XVIIIe siècle.

Voir *Catalogue A. Pabst*, n° 228.

Long. : 0m17

445 — Étui à fourchette en cuir noir gravé et doré au petit fer, dessin à médaillons d'Amours au milieu de rinceaux ornementés. XVIIIe siècle.

Long. : 0m28.

446 — Étui à petit couteau en fer gravé à arabesques feuillagées. Allemagne, XVIIIe siècle.

Voir *Catalogue A. Pabst* n° 232.

Long. : 0m11.

447 — Ceinturon étroit en cuir rouge garni de sept rosaces en cuivre repoussé et de quatre appliques en cuivre finement ciselé et repercé à jour sur fond vert, portant l'inscription : « Baltazar Teuber. Breslau. anno 1661 ». Boucle ajourée. Pièce rare et curieuse. XVIIe siècle.

Long. : 1m07

# COUTEAUX DES ÉPOQUES PRIMITIVES

448-450 — Trois silex trouvés près de Grand-Pressigny (France).

451-452 — Deux silex trouvés à Zeeland (Danemark).

453 — Manche de couteau en bronze forme animal tenant une tête d'homme entre ses pattes, sur gaîne à double masque. Trouvé en Italie (400 ans avant Jésus-Christ.

Long. : 0m06.

454 — Couteau en fer avec lame et manche d'une seule pièce en fer. Autriche (300 ans avant Jésus-Christ).

Long. : 0m18.

455 — Couteau avec lame et manche d'une seule pièce garni de trois clous.

Long. : 0m15.

456-457 — Deux petits couteaux à bouts recourbés. Trouvés à Zeeland (Danemark).

Voir *Catalogue A. Pabst*, n° 349.

Long. : 0m08 et 0m09.

458 — Couteau préhistorique en bronze, manche court, lame recourbée. Trouvé en Danemark.

Voir *Catalogue A. Pabst*, n° 348.

Long. : 0m1[illegible].

459 — Lame de couteau en bronze, dos à courbe avec cannelure, talon orné de deux trous. Trouvé en Allemagne.

Long. : 0m17.

460-461 — Deux petites lames cintrées en bronze, une avec trou pour attacher le manche. Trouvées en Suisse.

Long. : 0m10 et 0m06.

462 — Couteau pliant, manche en ivoire représentant un chien assis, lame en fer. Provient de fouilles près d'Athènes.

Long. : 0m07.

463 — Couteau en bronze, manche surmonté d'un gros anneau, lame recourbée et gravée à petites rosaces. Trouvé près de Dodona. Bel état de conservation.

Long. : 0m26.

464 — Lame de rasoir en forme de croissant élargi, en bronze gravé à rayures. Fouilles en Italie.

Larg. : 0m07.

465 — Couteau à raser avec lame courbe en bronze gravé et ajouré dessinant des petits ornements. Trouvé près de Come.

Long. : 0m12.

466 — Couteau romain en bronze, lame et manche d'une pièce; le manche à cannelures et trou à suspendre.

Long. : 0m29.

467 — Couteau romain, lame courbe, garni de deux clous.

Long. : 0m16.

468 — Couteau romain en bronze, manche ajouré et lame légèrement recourbée d'une seule pièce. Fouilles près de Tarente.

Voir *Catalogue A. Pabst*, n° 347.

Long. : 0m22.

469 — Couteau en bronze, lame recourbée et cintrée. Fouilles près de Mayence.

Long. : 0m20.

470 — Couteau romain en bronze, lame courbe, manche garni d'un trou à suspendre.

Long. : 0m15.

471 — Lame de couteau romain en bronze accompagnée d'un disque rond qui devait garantir le manche. Fouilles près de Mayence.

Long. : 0m24.

472 — Couteau romain en bronze, lame triangulaire, manche se terminant par une tête de lion. Italie.

Long. : 0m15.

473 — Lame de couteau romain légèrement recourbée et gravée. Trouvée sur les bords du Rhin.

Long. : 0m24.

474 — Grand couteau romain, manche arrondi en ivoire, virole en bronze, lame en fer. Italie.

Long. : 0m33.

475 — Couteau romain large et court, manche en corne, lame en fer. Trouvé dans le Rhin près de Strasbourg.

Long. : 0m15.

476 — Couteau romain, lame et poignée d'une seule pièce en fer. Trouvé près de Cologne.

Long. : 0m25.

477 — Couteau romain, lame large en fer, manche en os.

Long. : 0m16.

478 — Lame de couteau trouvée dans un tombeau romain, à Eisen-Statter, le 5 décembre 1859.

Long. : 0m13.

479 — Manche de couteau romain en ivoire sculpté se terminant par une tête de chien. Trouvé à Aquilla, près de Rome.

Long. : 0m07.

480 — Manche de couteau romain du temps des Empereurs, en ivoire sculpté représentant sur les deux faces des jeunes filles dansant. Nord de l'Italie.

Long. : 0m09.

481 — Manche de couteau romain en ivoire sculpté, représentant un tronc d'arbre avec nid près duquel se tient un volatile.

Long. : 0m11.

482 — Manche de couteau romain en ivoire en forme de jambe. Italie.

Long. : 0m09.

483 — Manche de couteau romain en bronze forme sanglier couché. Italie.

Long. : 0m06.

484 — Manche de couteau romain en bronze, forme animal fantastique sur tronc clouté. Italie.

Long. : 0m08.

485 — Manche de couteau romain en bronze ciselé, forme pied de bœuf surmonté d'un chapiteau à volutes. Italie.

Long. [illegible]

486 — Manche de couteau romain en bronze, forme octogonale se terminant par une tête de chien.

Long. : [illegible]

487 — Manche de couteau romain en bronze, forme demi-corps de lion.

Long. : [illegible]

488 — Manche de couteau romain en bronze, forme pied de cerf.

Long. : [illegible]

489 — Manche de couteau en bronze, forme perroquet sur balustrade, décor gravé. v^e^ siècle.

Haut. : [illegible]

490 — Couteau ou serpe à manche et lame d'une seule pièce en fer, manche surmonté d'une boule.

Long. : [illegible] 22.

491-492 — Deux lames de couteaux francs en fer, trouvés sur les bords du Rhin. Environ 500 ans avant Jésus-Christ.

Long. : [illegible]

493 — Couteau court franc à large lame servant

pour couper le cuir. Fouilles sur les bords du Rhin. Environ 500 ans avant Jésus-Christ.

Long. : 0m17.

494 — Couteau mérovingien, lame en fer recourbé, manche en bois.

Long. : 0m20.

# COUTEAUX

## DU IXe AU XVIIIe SIÈCLE

495 — Couteau carlovingien avec manche en os. Trouvé dans le Rhin. IXe ou Xe siècle.

Long. : 0m20.

496 — Couteau pliant carlovingien, manche en os gravé, rivets en bronze forme rosaces. Trouvé près de Mayence. IXe ou Xe siècle.

Long. : 0m11.

497 — Couteau pliant, manche en bronze gravé à arabesques, dos à saillies, lame cintrée et gravée. Roumanie, XIIe siècle.

Long. : 0m10.

498 — Couteau normand, lame à dos gravé se terminant en pointe, manche en ivoire sculpté représentant une sainte. XIIe siècle.

Voir *Catalogue A. Pabst*, no 143.

Long. : [illegible]

499 — Manche de couteau byzantin en ivoire sculpté représentant un guerrier du XIII$^{e}$ siècle.

Long. : 0$^{m}$10.

500 — Couteau avec manche en os sculpté à tête de femme, surmonté d'un chien, lame en fer. Trouvé dans la Moselle. XIII$^{e}$ siècle.

Voir *Catalogue A. Pabst*, n° 144.

Long. : [illegible]4.

501 — Manche de couteau gothique en ivoire sculpté représentant une dame noble tenant un missel. XV$^{e}$ siècle.

Long. : [illegible]

502 — Petit couteau étroit, manche ajouré à spirale. XV$^{e}$ siècle.

Long. : [illegible]

503 — Petit couteau à lame poinçonnée, manche en argent gravé à bustes d'homme et de femme en costume de l'époque, orné de feuillage ciselé en relief. Florence XVI$^{e}$ siècle.

Voir *Catalogue A. Pabst*, n° 54.

Long. : [illegible]

504 — Petit couteau, manche en cuivre gravé à figures de saint et de sainte, garni de plaquettes en ivoire, Allemagne, XV$^{e}$ siècle.

Voir *Catalogue A. Pabst*, n° 96.

Long. : [illegible]

505 — Couteau burgonde en fer ciselé avec vestiges de dorure, manche forme gaine supportant un

buste d'enfant à longs cheveux tenant un écusson, dos de la lame à crans. Pièce intéressante trouvée dans la Meuse. xv^e siècle.

Voir *Catalogue A. Pabst*, n° 20.

Long. : 0^m19

506 — Couteau à lame avec talon gravé et doré, manche en fer ciselé et doré à cariatide de femme posant sur un chapiteau corinthien, et orné de deux plaquettes de nacre. Italie, xvi^e siècle.

Long. : 0^m22.

507 — Couteau avec lame gravée et dorée au talon, manche en corne noire surmonté d'un chapiteau corinthien sur lequel est posé un animal fantastique ailé à tête humaine, virole ciselée et dorée. Italie, xvi^e siècle.

Voir *Catalogue A. Pabst*, n° 23.

Long. : 0^m21.

508 — Couteau avec manche octogonal orné de deux plaquettes en corne se terminant par un sphinx assis sur un chapiteau corinthien, virole et talon de la lame dorés.

Long. : 0^m22.

509 — Couteau avec manche en fer ciselé à rehauts d'or représentant une chimère ailée debout sur un chapiteau, garni de plaquettes de nacre, talon de la lame gravé et vestiges de dorure. Italie, xvi^e siècle.

Long. : 0^m20.

510 — Couteau avec lame pointue, dos à crans, talon gravé et rehaussé d'or, manche orné de plaquettes de nacre sur chaque face, surmonté d'une figure de sphynx ailé posant sur un chapiteau en fer ciselé et doré. Italie, XVI^e siècle.

Long. : 0m22.

511 — Couteau, manche en fer ciselé avec vestiges de dorure à figure de sphynx ailé sur un chapiteau, et garni de plaquettes de nacre. Italie, XVI^e siècle.

Voir *Catalogue, A. Pabst*, n° 21.
Collection Paul, n° 12.

Long. : 0m21.

512 — Petit couteau, lame étroite, manche en fer ciselé à figure de chimère et garni de corne brune. Allemagne, XVI^e siècle.

Voir *Catalogue, A. Pabst*, n° [illegible]2.
Collection Paul, n° 1236.

Long. : [illegible]

513 — Couteau en fer ciselé avec vestiges de dorure, manche représentant deux chimères accouplées sur un chapiteau. Italie, XVI^e siècle.

Long. : [illegible]

514 — Couteau, manche en fer ciselé avec vestiges d'or, offrant un lion héraldique sur chapiteau, orné de plaquettes de nacre. Allemagne, XVI^e siècle.

[illegible]

515 — Couteau à lame poinçonnée, dos et talon gravés et dorés, manche en fer ciselé et doré représentant une colonne surmontée d'une tête de femme et flanquée de deux masques. Italie, XVI$^{e}$ siècle.

Voir *Catalogue A. Pabst*, n° 31.
Collection Paul, n° 1228.

Long. : 0$^{m}$17.

516 — Couteau à lame poinçonnée, manche en fer ciselé avec vestiges de dorure, dessin à feuillages, se terminant par un bec d'aigle et plaqué de nacre. Italie, XVI$^{e}$ siècle.

Voir *Catalogue A. Pabst*, n° 24.

Long. : 0$^{m}$18.

517-518 — Très petit couteau dans une gaine en fer ciselé, manche se terminant par un bec d'aigle en partie recouvert d'émail dont le travail est postérieur.

Voir *Catalogue, A. Pabst*, n° 40.
Collection Paul, n° 1237.

Long. : 0$^{m}$09.

519 — Petit couteau en fer ciselé, rehaussé de vestiges de dorure, manche avec chapiteau et plaquettes de nacre. Italie, XVI$^{e}$ siècle.

Voir *Catalogue A. Pabst*, n° 36.

Long. : 0$^{m}$12.

520 — Couteau à lame damasquinée d'or, dessin : Scène de chasse, talon gravé et doré, manche en fer. France, fin du XVI$^{e}$ siècle.

Voir *Catalogue A. Pabst*, n° 35.

Long. : 0$^{m}$14.

521-522 — Deux couteaux en fer ciselé et doré, manches à quatre faces plaquées de corne, surmontés d'un chapiteau. Italie, XVI^e siècle.

> Voir *Catalogue A. Pabst*, n^os 33 et 34.
>
> Long. [illegible]

523 — Couteau à manche hexagonal en fer ciselé et doré se terminant par un vase à godrons et garni de deux plaquettes de nacre, talon de la lame gravé et doré. XVI^e siècle.

> Voir *Catalogue A. Pabst*, n° 29.
>
> Long. [illegible]

524 — Couteau avec lame poinçonnée, manche en fer ciselé et doré à balustre godronné, garni de plaquettes de nacre. Italie, XVI^e siècle.

> Voir *Catalogue A. Pabst*, n° 26.
> Collection Paul, n° 1229.
>
> Long. [illegible]

525 — Couteau, manche en fer ciselé et garni de nacre forme vase feuillagé sur chapiteau, lame gravée à ornements et têtes de guerriers. Italie, XVI^e siècle.

> Voir *Catalogue A. Pabst*, n° 28.
> Collection Paul, n° 1238.
>
> Long. [illegible]

526 — Couteau, lame gravée à armoiries, manche quadrangulaire en nacre surmonté d'un chapiteau en fer ciselé. Italie, XVI^e siècle.

> Voir *Catalogue A. Pabst*, n° 30.
> Collection Paul, n° 1254.
>
> Long. [illegible]

527 — Couteau, lame poinçonnée, manche en fer ciselé forme de gaîne feuillagée surmontée d'un vase. Italie, XVIe siècle.

Voir *Catalogue A. Pabst*, nº 2[illegible].

Long. : 0m17.

528 — Couteau lame pointue, manche en nacre, garni de fer ciselé. XVIe siècle.

Voir *Catalogue A. Pabst*, nº 41.

Long. : 0m15.

529 — Couteau à lame poinçonnée et gravée à rinceaux feuillagés, manche en fer ciselé, garni de plaques en nacre. Italie. XVIe siècle.

Long. : 0m16.

530-531 — Deux très petits couteaux, lames à talons gravés et dorés, manches fer ciselé et plaquettes de nacre. Italie, XVIe siècle.

Voir *Catalogue A. Pabst*, nos 37 et 38.
Collection Paul, nº 1235.

Long. : 0m09.

532 — Petit couteau, lame large et courte, manche fer ciselé avec plaquettes de nacre. Italie. XVIe siècle.

Voir *Catalogue A. Pabst*, nº 39.
Collection Paul, nº 1307.

Long. : 0m08.

533 — Grattoir, lame recourbée, manche en fer doré, ciselé à chapiteau, feuillage et vase. XVIe siècle.

Long. : 0m16.

534 — Grattoir, manche en fer ciselé et doré à colonne avec chapiteaux et vase à godrons. XVI$^{e}$ siècle.

Long. : 0m17.

535 — Couteau, lame avec talon gravé et doré, dos à crans, manche en fer ciselé à spirale avec tête de femme. XVI$^{e}$ siècle.

Long. : [illegible]

536 — Couteau avec manche, forme gaîne en fer, finement ciselé à motifs d'ornements et têtes de chérubins, enrichi au milieu de turquoises et d'une opale. Italie, XVI$^{e}$ siècle.

Voir *Catalogue A. Pabst*, n° 42.
Collection Paul, n° [illegible].

Long. : [illegible]

537 — Couteau, manche en fer ciselé, gravé et doré à figures de femmes dans des niches. XVII$^{e}$ siècle.

Long. : [illegible]

538 — Couteau avec manche quadrangulaire en fer gravé et doré à attributs de musique et trophée guerrier, talon de la lame avec armoirie de la famille vénitienne Renier. Italie, XVI$^{e}$ siècle.

Voir *Catalogue A. Pabst*, n° [illegible].

Long. : [illegible]

539-540 — Petit couteau et petite lancette, manches en fer gravé et doré se terminant par des têtes de chimères. XVI$^{e}$ siècle.

Long. : [illegible]

541 à 546 — Cinq couteaux en fer gravé et doré à arabesques et bustes de guerriers; dans une gaîne à six pans en cuir noir décoré de peintures représentant Vénus, Diane et Minerve, sur fond vermiculé d'or. XVIe siècle.

Couteau. Long. : 0m19.
Gaine. Haut. : 0m21.

547 — Couteau, manche argent niellé avec inscription : NUL BIEN SANS POINE, monture cuivre gravé; lame poinçonnée. France, XVIe siècle.

Voir *Catalogue A. Pabst*, n° 55.

Long. : 0m20.

548 — Couteau, lame pointue, manche en argent niellé offrant sur les deux côtés des attributs de musique. Italie, XVIe siècle.

Voir *Catalogue A. Pabst*, n° 57.

Long. : 0m19.

549 — Couteau à lame gravée, manche en cuivre ciselé et doré garni de plaquettes d'argent niellé. Italie, XVIe siècle.

Long. : 0m20.

550 — Couteau, manche niellé d'argent et surmonté d'un ornement en cuivre ciselé et doré. Italie, XVIe siècle.

Voir *Catalogue A. Pabst*, n° 58.
Collection Paul, n° 1204.

Long. : 0m18.

551 — Couteau à lame poinçonnée, manche en

étain gravé, dessin à feuillages et rosaces. Augsbourg, XVI<sup>e</sup> siècle.

Voir *Catalogue A. Pabst*, n° 205.

Long. : 0m26.

552 — Couteau, manche en argent niellé, dessin à volatiles et médaillons à petits personnages. France, XVI<sup>e</sup> siècle.

Long. : 0m22.

553-554 — Deux couteaux à lames longues et pointues, manche en argent gravé à attributs de musique et portant sur les côtés étroits les inscriptions : POST. PRANDIUM. STA. C. SALVIATI. OPUS. et VVLNERA NE FATIAS QVE POTES IPSE PATI. Italie, XVI<sup>e</sup> siècle.

Voir *Catalogue A. Pabst*, n° 61 et 62.
Collection Paul, n° 1202 et 1203.

Long. : 0m26.

555-556 — Deux couteaux lames longues et pointues, manche en argent gravé à trophées de musique, avec inscriptions : POST. COENAM. AMBULA et QUALIS HABERI VIS TALUS ESTO. Italie, XVI<sup>e</sup> siècle.

Long. : 0m26.

557 — Couteau lame gravée et talon doré, manche en argent à spirale, surmonté d'un ornement ajouré avec inscription gravée. Hollande, XVI<sup>e</sup> siècle.

Long. : 0m25.

558 — Couteau à deux lames avec manche damasquiné d'or et d'argent, XVIᵉ siècle.

Long. : 0m24.

559 — Couteau, manche en fer damasquiné d'or et d'argent vers l'extrémité, lame poinçonnée. Allemagne, XVIᵉ siècle.

Voir *Catalogue A. Pabst*, n° 115.

Long. : 0m24.

560 — Couteau avec manche quadrangulaire richement damasquiné d'or sur les quatre faces, dessin à têtes de chérubins, ornements et médaillons à figures de Vénus et de Pallas, bouton ajouré en forme de croix. XVIᵉ siècle.

Long. : 0m23.

561 — Grand couteau pliant, manche en fer finement incrusté d'or et d'argent à trophées guerriers et groupes de fruits reliés par des nœuds de rubans. Italie, XVIᵉ siècle.

Long. : 0m17.

562 — Couteau en fer, lame étroite et poinçonnée manche incrusté d'argent, dessin à fleurs et feuillages en relief. Allemagne, XVIᵉ siècle.

Voir *Catalogue A. Pabst* n° 114.

Long. : 0m2[illegible]

563 — Couteau, lame poinçonnée, manche en ivoire garni de fer damasquiné d'argent, dessins à arabesques, XVIᵉ siècle.

Voir *Catalogue A. Pabst*

Collection Pa[illegible]

L[illegible]

564 — Couteau en fer, manche surmonté d'une calotte en vermeil ciselé à petits personnages Allemagne, XVI^e siècle.

*Catalogue A. Pabst*, n° [illegible].

Long. : [illegible].

565-566 — Couteau à lame poinçonnée, manche et gaine en bois très finement sculpté représentant des scènes de l'Ancien Testament, composition de nombreux petits personnages avec inscriptions, la gaine porte la date 1586 et le couteau 1634. Allemagne, XVII siècle.

Voir *Catalogue A. Pabst*, n° [illegible].

Long. de chaque pièce : [illegible]

567 à 569 — Deux couteaux dans une gaine : manches en bois sculpté à groupes de personnages sous un arbre représentant des nymphes surprises au bain et Actéon changé en cerf. La gaine, également en buis sculpté, offre en bas relief des scènes à petits personnages et les douze apôtres ainsi que le chiffre W.G. Hollande, XVI^e siècle.

Couteau. Long. [illegible]
Gaine. Long. : [illegible]

570 — Couteau avec manche en buis sculpté offrant en relief sur les deux faces principales des figures de saint et de sainte, sur les petits côtés une corne d'abondance et des enfants au milieu de fleurs : le haut représente des scènes bibliques. Virole et tête en argent. Allemagne, XVI siècle.

Long. : [illegible].

571 — Couteau à gratter avec petite lame gravée et dorée à bustes de saints sur fond d'or; manche long en buis finement sculpté le haut représentant la Vierge et l'Enfant au milieu d'anges portant une couronne; le bas à groupes de musiciens et têtes de saints et de saintes. Allemagne, XVIe siècle.

Long. : 0m37.

572 — Couteau à gratter lame courbe gravée et dorée ; avec long manche en buis sculpté à nombreux personnages et cavalier se profilant en haut relief. Allemagne, XVIe siècle.

Long. : 0m36.

573 — Couteau à lame poinçonnée, manche en ambre, ivoire et écaille avec petits personnages et inscriptions gravées sous les plaquettes d'ambre. Allemagne, XVIe siècle.

Voir *Catalogue A. Pabst*, n° 136.
Collection Paul n° 1211.

Long. : 0m24

574 — Couteau, manche en ambre et ivoire incrusté de rondelles en ambre. Allemagne, XVIe siècle.

Long. : 0m24.

575 — Couteau en agate grise taillée à pans et à facettes, virole en fer damasquiné d'or. Allemagne, XVIe siècle.

Long. : 0m19.

576 — Couteau avec manche en or ciselé et émaillé en rouge, bleu, blanc et noir forme gaine feuil-

lagée surmontée d'une tête de chimère. Lame poinçonnée et portant l'inscription MORS ET VITA IN MANU LINGVAE. XVI^e siècle.

Long. : 0m20.

577 — Instrument pour la circoncision, manche recourbé en or émaillé à fleurs sur fond bleu se terminant par une boule verte d'où s'échappe une fleur rouge, lame gravée à arabesques feuillagées. XVI^e siècle.

578-579 — Deux couteaux à lames recourbées en argent doré, manches en jaspe sanguin, viroles et calottes en or ciselé et émaillé noir. XVI^e siècle.

Long. : 0m21.

580 — Couteau à lame longue et étroite, manche en cuivre à fleurettes émaillées en bleu. Venise, XVI^e siècle.

Voir *Catalogue A. Pabst*, n° 109.

Long. : 0m23.

581 — Couteau, manche en bronze avec vestiges d'émail, le haut à mascaron. XVI^e siècle.

Long. : 0m26.

582 — Couteau avec lame gravée représentant d'un côté un guerrier tenant son bouclier et de l'autre côté un dragon, manche en bronze avec vestiges d'émail, tête ajourée. XVI^e siècle.

Voir *Catalogue A. Pabst*, n° 106.
Collection Paul n° 1304.

Long. : [illegible]

583 — Couteau, lame à talon gravé et doré, manche en bronze forme buste de femme sur gaine portant une inscription gravée. Allemagne, XVI° siècle.

Long. : 0m21.

584 — Petit couteau lame poinçonnée, gravée et dorée près du talon, manche rectangulaire en bronze ciselé et doré à ornements et surmonté d'une tête de chérubin. XVI° siècle.

Long. : 0m17.

585 — Couteau avec manche en étain ciselé représentant des cariatides portant des corbeilles fleuries. Allemagne, XVI° siècle.

Long. : 0m21.

586 — Couteau avec manche en bois recouvert presque entièrement de cuivre surmonté d'une armoirie, avec date 1568. Nuremberg, XVI° siècle.

Voir *Catalogue A. Pabst*, n° 93.

Long. : 0m19.

587 — Couteau à lame longue et étroite, manche en en bois clouté de cuivre et à petits trèfles. Allemagne, XVI° siècle.

Voir *Catalogue A. Pabst*, n° 98.

Long : 0m23.

588 — Couteau, manche en bois orné de deux rondelles en cuivre gravé à têtes d'homme et de femme. Trouvé près de Strasbourg. Allemagne, XVI° siècle.

Long : 0m21.

589 — Petit couteau, lame poinçonnée, manche en corne noire surmontée d'une boule en bois et cuivre. Kœnisgberg, XVIe siècle.

*Voir Catalogue A. Pabst*, n° 195.

Long. : 0m15.

590 — Couteau, lame gravée et dorée au talon à médaillon lauré, manche en incrustations de nacre et d'écaille. XVIe siècle.

*Voir Catalogue A. Pabst*, n° 186.

Long. : 0m17.

591 — Couteau, lame poinçonnée et ciselée, manche en corne garni de clous et bandes argentées. Allemagne, XVIe siècle.

*Voir Catalogue A. Pabst*, n° [illegible]

Long. : 0m2[illegible].

592 — Couteau avec manche en ivoire incrusté de spirales en cuivre, surmonté d'un trefle. Allemagne. XVIe siècle.

*Voir Catalogue A. Pabst*, n° [illegible].

Long. : 0m22.

593 — Couteau avec manche en ivoire teinté vert incrusté d'étoiles et rosaces gothiques, le haut en ivoire : lame longue et poinçonnée. Allemagne. XVIe siècle.

*Voir Catalogue A. Pabst*, n° 18[illegible].

Long. : 0m2[illegible].

594 — Couteau, manche à pans en ivoire cercl

d'écaille et de cuivre, lame à talon gravé et doré, virole ciselée. Allemagne, XVI^e siècle.

Voir *Catalogue, A. Pabst*, n° 185.

Long. : 0m20.

595 — Couteau avec manche en ivoire sculpté représentant un lion héraldique sur une boule, avec rosaces en cuivre gravé près des épaules, virole en argent avec inscription ANDRIS GALTIES. XVI^e siècle.

Voir *Catalogue A. Pabst*, n° 146.
Collection von Berthold, n° 703.

Long. : 0m22.

596-597 — Deux couteaux de cloitre, manches en nacre gravée à chutes de fruits. Lames sur lesquelles sont gravées des prières avec les notes de musique pour basse et soprano. Pièces rares. Allemagne, XVII^e siècle.

Long. : 0m27.

598 — Grattoir, manche quadrangulaire à quatre faces en ivoire sculpté et ajouré à têtes d'animaux fantastiques au milieu de volutes sur base ornée de perles. XVI^e siècle.

Voir *Catalogue A. Pabst*, n° 160.
Collection Paul, n° 1240.

Long. : 0m21.

599 — Grattoir, manche en ivoire à cannelures, incrusté de cuivre. XVI^e siècle.

Long. : 0m21.

600-601 — Deux petits couteaux, manches en ivoire

sculpté à facettes, viroles et têtes garnies d'argent, talons et dos gravés, XVI siècle.

Long. 0m36.

602 — Couteau à lame poinçonnée, manche en ivoire sculpté à figures d'Adam et d'Ève et orné de bas-reliefs à petits personnages, bouton forme lion tenant une boule. Dans l'intérieur du manche se trouve un cliquet retenant deux petits panneaux qui en s'ouvrant laissent voir deux figurines allégoriques à la Vie et à la Mort. Allemagne, 1549.

Voir *Catalogue A. Pabst*, n° 148.

Long. : 0m22.

603 — Couteau, lame poinçonnée, manche en ivoire sculpté représentant des scènes bibliques et du Nouveau Testament, monture en argent avec inscription : WAS IR NICHT WILT DAS EYCH GES ANEREN CHICHT DUET DAS EINEM NICHT. Intérieur du manche disposé comme celui du couteau précédent. Allemagne, 1605.

Voir *Catalogue A. Pabst*, n° 147.
Collection Paul, n° 1500.

Long. 0m17.

604 — Couteau à surprise, lame poinçonnée avec jeu de pointes, manche en corne noire ornée d'ivoire, monture cuivre. Fin du XVIe siècle.

Voir *Catalogue A. Pabst*, n° 202.

Long. : 0m26.

605 à 607 — Deux couteaux, manches en argent gravé, dessin d'après Théobald de Bry représen-

tant Suzanne et les Vieillards et sur les petits côtés des manches le nom de la propriétaire : Johanna Bouwens. 1618. Étui en velours rouge brodé d'argent doré. France, 1618.

Voir *Catalogue Pabst* n° 66.

Couteau, Long. : 0m22.
Gaine, Long. : 0m2[illegible].

608 — Couteau, manche en argent gravé à figures allégoriques de la Foi, de la Tempérance, de la Prudence et de la Justice, avec inscription : *En Onderhont Syn Leeve grhetken 1609 Holzen.* Allemagne.

Long. : 0m29.

609 — Couteau, manche quadrangulaire en argent gravé, dessin d'après Théobald de Bry offrant des scènes tirées de l'Ancien Testament. Hollande, commencement du XVIIe siècle.

Long. : 0m27.

610 à 615 — Six couteaux, manches en ivoire forme octogonale, lames richement gravées et dorées à cavaliers, guerriers, volatiles, voiliers et trophées d'armes. Italie, commencement du XVIIe siècle.

Long. : 0m25.

616-617 — Couteau, manche en ivoire sculpté représentant Samson portant un lion ; dans sa gaine également en ivoire sculpté à cannelures offrant sur le devant en bas-relief un médaillon à figure de guerrier. France, XVII siècle.

Couteau, Long. : 0m21.
Gaine, Long. : [illegible].

618 — Grattoir avec manche en ivoire formé d'un groupe de deux amours au milieu de feuillages supportant un chapeau de cardinal. Lame à crans presque entièrement gravée et dorée aux armes des Barberini. Italie, XVII^e^ siècle.

Voir *Catalogue A. Pabst*, n° 159.

Long. : 0^m^20.

619 — Couteau pliant à lame gravée, manche en ivoire sculpté à cariatide de femme ailée parée de perles, sur volute feuillagée et ajourée. XVII^e^ siècle.

Long. : 0^m^09.

620 — Petit couteau avec lame large à bout recourbé, manche formé d'un groupe d'oiseaux. Allemagne, XVII^e^ siècle.

Voir *Catalogue A. Pabst*, n° 259.

Long. : 0^m^12.

621 — Couteau, manche en ivoire sculpté à figure de sainte, posant sur un motif feuillagé. XVII^e^ siècle.

Voir *Catalogue A. Pabst*, n° 153.

Long. : 0^m^17.

622 — Couteau se pliant, manche en buis sculpté représentant d'un côté les petits voleurs de nids et de l'autre côté une figure de sainte. Allemagne (?), XVII^e^ siècle.

Long. : 0^m^10.

623 — Rasoir, manche en ivoire se terminant par une tête de chérubin en argent, lame poinçonnée. XVII^e^ siècle.

Long. : 0^m^14.

624 — Couteau à lame poinçonnée, manche en buis sculpté à feuilles d'acanthe, surmonté d'un groupe représentant l'Adoration de l'Enfant Jésus, virole gravée. XVIIe siècle.

Long. : 0m21.

625 — Couteau avec manche formé d'une figurine de femme en ambre sculpté portant sur sa tête une boule en argent. Allemagne, XVIIe siècle.

Voir *Catalogue A. Pabst*, n° 142.
Collection Paul, n° 1312.

Long. : 0m17.

626 — Couteau avec manche uni en ivoire contenant à l'intérieur un très petit couteau : lame gravée à inscriptions et portant au talon les armes de la famille des Kaimendorf de Nuremberg. Allemagne, vers 1700.

Voir *Catalogue A. Pabst*, n° 149.

Long. : 0m23.

627-628 — Deux couteaux de grandeurs différentes provenant d'un service de chasse, manches en cuivre gravé orné de plaquettes de nacre.

Voir *Catalogue A. Pabst*, n° 184.

Long. : 0m27 et 0m24.

629 — Petit couteau avec manche en cuivre gravé et incrusté de rondelles et rectangles en nacre. Allemagne, XVIIe siècle.

Voir *Catalogue A. Pabst*, n° 195.
Collection Paul, n° 1305.

Long. : 0m17.

630 — Couteau à longue lame, manche en bois à rainures avec date 1616 et chiffre S. L. N., bouton forme boule filigranée. Allemagne, 1616.

Long. : 0m25.

631 — Couteau avec lame poinçonnée, manche à rainures en ébène et cuivre gravés. Nuremberg, commencement du XVIIe siècle.

Voir *Catalogue A. Pabst*, n° 196.

Long. : 0m2[illegible].

632 — Couteau pliant à secret en corne gravée garni de fer. Allemagne, XVIIe siècle.

Voir *Catalogue A. Pabst*, n° 167.

Long. : 0m08.

633 — Couteau à lame étroite, manche quadrangulaire, en fer ciselé à perles et fleurs. Allemagne, XVIIe siècle.

Voir *Catalogue A. Pabst*, n° 116.

Long. : 0m17.

634 — Couteau pliant avec manche en fer gravé à fleurs et se terminant par une clef à écrou, portant la date 1575. France (?) XVIe siècle.

Voir *Catalogue A. Pabst*, n° 37.

Long. : 0m12.

635 — Couteau dit bâtard, manche en fer se terminant par une double branche. Allemagne, XVIIe siècle.

Long. : 0m19.

636 — Couteau avec manche en argent ciselé à figure

de femme sur gaine drapée. Commencement du XVIII<sup>e</sup> siècle.

Long. : 0m26.

637 — Couteau avec manche en bronze ciselé et doré à tête de cheval marin sur fuseau à spirale. Allemagne, XVIIe siècle.

Voir *Catalogue, A. Pabst*, n° 97.
Collection Paul, n° 1223.

Long. : 0m18.

638 — Couteau avec lame poinçonnée, manche en bronze avec vestiges de dorure en forme de cariatide d'homme sur gaine à mascaron. XVIIe siècle.

Long. : 0m27.

639 — Couteau en fer, manche à pans surmonté d'une calotte à bouton. Fouilles d'Allemagne. XVIIe siècle.

Long. : 0m18.

640 — Grand couteau pliant à large lame, manche en bronze ciselé offrant en bas relief sur les deux côtés des scènes de chasse. Allemagne, XVIIe siècle.

Long. : 0m18.

641 — Couteau, manche quadrangulaire en ivoire, lame courbe finement gravée à scènes de chasse. Fin du XVIIe siècle.

Long. : 0m20.

642 à 645 — Quatre couteaux, manches en ivoire

sculpté à figures allégoriques aux Saisons, viroles en argent gravé. Allemagne, XVIIIe siècle.

Voir *Catalogue, A. Pabst*, n° 158.
Collection Paul, n° 1308.

Long. : 0$^m$21.

646 — Grattoir, lame entièrement gravée et dorée à petit personnage en costume Louis XIV, manche en ivoire sculpté se terminant par un buste de femme. France vers 1700.

Voir *Catalogue A. Pabst*, n° 161.

Long. : 0$^m$18.

647 — Couteau-cachet avec armoirie gravée en ivoire sculpté et ajouré représentant un amour au milieu de branchages, lame pliante. Allemagne, XVIIIe siècle.

Voir *Catalogue A. Pabst*, n° 162.

Long. : 0$^m$09.

648 — Couteau pliant, manche en buis sculpté formant un groupe représentant le Sacrifice d'Abraham, virole mobile en argent gravé. Allemagne, XVIIIe siècle.

Voir *Catalogue A. Pabst*, n° 169.

Long. : 0$^m$10.

649 — Couteau, lame en argent doré, manche en verre opaque peint à semis de fleurs. Italie, fin du XVIIIe siècle.

Voir *Catalogue A. Pabst*, n° 213.
Collection Paul, n° 1331.

Long. : 0$^m$21.

650 — Couteau à lame poinçonnée, manche incrusté

d'ivoire et d'écaille, virole et tête en argent ciselé à fleurs. Allemagne, XVIII<sup>e</sup> siècle.

Voir *Catalogue A. Pabst*, n° 119.

Long. : 0<sup>m</sup>21.

651 — Petit couteau avec manche en fer ciselé et damasquiné d'or à tête de chien, orné de quatre plaquettes en nacre. XVIII<sup>e</sup> siècle.

Voir *Catalogue A. Pabst*, n° 43.

Long. : 0<sup>m</sup>16.

652 — Couteau pliant, manche légèrement arqué en écaille sculpté et garni d'argent gravé à petits ornements. France, commencement du XVIII<sup>e</sup> siècle.

Voir *Catalogue A. Pabst*, n° 126.
Collection Paul, n° 1323.

Long. : 0<sup>m</sup>14.

653-654 — Deux manches de couteaux en cuivre à coquille orné de deux plaquettes de nacre. Allemagne, XVIII<sup>e</sup> siècle.

Voir *Catalogue A. Pabst*, n° 248.

Long. : 0<sup>m</sup>08.

655 — Rasoir, manche en fer gravé et repercé à jour, dessin à arabesques. XVIII<sup>e</sup> siècle.

Long. : 0<sup>m</sup>14.

656 — Petit couteau avec long manche en argent émaillé fond bleu à thyrses de fleurs en relief, se terminant par une pierre verte. XVIII<sup>e</sup> siècle.

Long. : 0<sup>m</sup>19.

657 — Couteau à lame poinçonnée, manche en argent ciselé à buste d'homme émergeant d'un motif à rocailles feuillagées. XVIII$^e$ siècle.

Long. : 0$^m$24.

658 — Très petit couteau à fruit forme demi-circulaire, manche et lame en argent gravé ; virole offrant les armes de Prusse. Allemagne, XVIII$^e$ siècle.

Voir *Catalogue A. Pabst*, n° 240.

Long. : 0$^m$06.

659 — Très petit canif, manche en écaille. Allemagne, XVIII$^e$ siècle.

Voir *Catalogue A. Pabst*, n° 242.

Long. : 0$^m$03.

660 — Petit couteau à fruit, lame recourbée et dorée, manche en jaspe sanguin. Allemagne, XVIII$^e$ siècle.

Voir *Catalogue A. Pabst* n° 241.

Long. : 0$^m$11.

661 — Couteau manche en argent ciselé offrant des médaillons à amours au milieu d'ornements feuillagés et de lyres. France, Louis XIV.

Long. : 0$^m$28.

662 — Couteau avec poignée simulant une gaine à trois manches en corne surmontés de lions héraldiques, lame pliante. Bavière, XVII$^e$ siècle.

Voir *Catalogue A. Pabst*, n° 243.

Long. : 0$^m$18.

663 — Couteau pliant, manche en écaille incrustée de rondelles en nacre et de rosaces en cuivre, lame étoilée. Allemagne, XVIII^e siècle.

Long. : 0^m 14.

664 — Couteau de toréador, manche en corne noire à pans garnie de cuivre. Espagne, XVIII^e siècle.

Long. : 0^m 23.

665 — Couteau de toréador, manche en corne cotelée et cloutée de cuivre, lame gravée à armoiries. Espagne, XVIII^e siècle.

Long. : 0^m 26.

666-667 — Couteau et fourchette dans une gaîne en cuivre ciselé et argenté à rinceaux et arabesques feuillages lame datée 1795, accompagnés de leurs chaines Galicie, fin du XVIII^e siècle.

Voir *Catalogue A. Pabst*, n° 247.

Couteau. Long. : 0^m 24.
Fourchette. Long. : 0^m 21.

668-669 — Couteau, manche quadrangulaire en ivoire, virole et tête en cuivre gravé, gaine en argent à cannelures. Péninsule des Balkans, XVIII^e siècle.

Couteau. Long. : 0^m 17.
Gaîne. Long. : 0^m 12.

670-671 — Couteau circassien en ivoire et gaîne en cuir, monture en argent ciselé. Accompagné de sa chaine. XVIII^e siècle.

Couteau. Long. : 0^m 13.
Gaîne. Long. : 0^m 10.

# FOURCHETTES

672 — Fourchette romaine à deux dents, manche à pied de bœuf. Fouilles près de Trieste.

Long. : 0m13.

673 — Fourchette romaine à deux dents de forme élégante, en argent. Fouilles de Rome.

Long. : 0m13.

674. — Fourchette romaine à trois dents en bronze, manche surmonté d'un bouton. Fouilles près de Rome.

Long. : 0m12.

675 — Fourchette romaine à quatre dents en corne blanche, forme aplatie. Fouilles près de Mayence.

Long. : 0m11

676 — Fourchette romaine à cinq dents en argent. Fouilles près de Rome.

Long : 0m12.

677 — Fourchette à deux dents en argent, manche orné des armoiries d'Hapsburg et de Bragance. Allemagne, XVe siècle.

Voir *Catalogue A. Pabst*, n° 60.
Collection Milani.

Long. : 0m17.

678 — Fourchette à trois dents en argent, manche surmonté d'un buste d'homme coiffé d'un casque. XVe siècle.

Long. : 0m14.

679 — Fourchette à deux dents, manche se terminant par un buste d'homme casqué. XVIe siècle.

Long. : 0m12.

680 — Fourchette gothique à une dent à spirale surmontée d'un lion. Schleswig-Holstein, XVIe siècle.

Long. : 0m10.

681 — Fourchette à deux dents, manche en argent à six pans, bouton et virole fer doré. Italie, XVIe siècle.

Vois *Catalogue A. Pabst*, no 71.

Long. : 0m14.

682 — Fourchette à deux dents, manche en cuivre plaqué de nacre. Allemagne, XVIe siècle.

Voir *Catalogue A. Pabst*, no 173.

Long. : 0m15.

683 — Fourchette à deux dents, manche long garni de corne et d'argent doré. Allemagne, XVIe siècle.

Voir *Catalogue A. Pabst*, no 205.

684 — Fourchette dite de bouffon à deux dents tout en cuivre doré, ornée d'appliques feuillagées et d'une tête de chérubin. Manche surmonté d'une

figurine articulée de bouffon. Allemagne, XVIe siècle.

Long. : 0m20.

685 — Fourchette à trois dents en argent, manche en verre rosé, dessin à spirale se terminant par une fleur en argent doré. Provient de la famille Haenlem, de Mayence. Allemagne, XVIe siècle.

Voir *Catalogue A. Pabst*, n° 70.

Long. : 0m19.

686 — Fourchette à trois dents, manche en agate blanche veinée, taillée à pans, avec attache en fer incrusté d'argent. Allemagne, XVIe siècle.

Voir *Catalogue A. Pabst*, n° 118.
Collection Paul, n° 1311.

Long. ; 0m22.

687 — Fourchette à deux dents dont une en forme de lame de couteau, manche incrusté de corne et de nacre à damiers, surmonté d'un ornement en ivoire gravé à petits personnages. Allemagne, XVIe siècle.

Long. : 0m22.

688-689 — Fourchette à deux dents quadrangulaires, manche en fer ciselé à lion héraldique tenant un écusson aux armes des Tetzel, de Nuremberg. Dans sa gaîne en cuir repoussé. Allemagne, XVIe siècle.

Voir *Catalogue A. Pabst*, n° 51.
Collection Castellani.

Fourchette. Long. : 0m17.
Gaine. Long. : 0m12.

690 — Fourchette à deux dents en fer forgé, manche à spirale. XVI^e siècle.

Long. : 0m17.

691 — Fourchette à deux dents en argent, tige creuse contenant un cure-dents et un cure-oreilles surmonté d'un buste de femme. Allemagne, XVII^e siècle.

Voir *Catalogue A. Pabst*, n° 72.

Long. : 0m14.

692 — Fourchette à deux dents longues, manche forme gaine ajourée se terminant par un buste de jeune garçon en costume de l'époque. Allemagne, XVII^e siècle.

Voir *Catalogue A. Pabst*, n° 72.

Long. : 0m19.

693 — Fourchette à deux dents longues et quadrangulaires, manche orné de plaquettes d'ambre transparent sous lesquelles se trouvent des incrustations d'or à feuillages fleuris et surmonté d'une tête de femme en ambre sculpté. Allemagne, XVII^e siècle.

Voir *Catalogue A. Pabst*, n° 131.

Long. : 0m17.

694 — Fourchette à trois dents, monture en argent doré à tête de femme, tige en jaspe sanguin. XVII^e siècle.

Voir *Catalogue A. Pabst*, n° 135.

Long. : 0m18.

695 — Petite fourchette à trois dents et tige en argent doré, le haut du manche émaillé à fleurs en relief. XVII^e siècle.

Voir *Catalogue A. Pabst*, n° 102.

Long. : 0^m12.

696 — Petite fourchette à deux dents longues, manche à fleurs émaillées en relief sur fond argent doré. Allemagne, XVII^e siècle.

Voir *Catalogue A. Pabst*, n° 106.

Long. : 0^m13.

697 — Fourchette à deux dents longues, manche forme gaine en bronze émaillé surmonté d'une tête de lion. Allemagne, XVII^e siècle.

Voir *Catalogue A. Pabst*, n° 105.

Long. : 0^m20.

698 — Fourchette à trois dents entièrement en verre orné de saillies et rosaces. Venise, XVII^e siècle.

Long. : 0^m17.

699 — Fouchette pliante à deux dents, manche en bois clouté d'argent, dos fer gravé. Hollande, XVII^e siècle.

Voir *Catalogue A. Pabst*, n° 211.

Long. : 0^m10.

700 — Fourchette à deux creusées, manche en écaille étoilé d'argent. Allemagne, XVII^e siècle.

Voir *Catalogue A. Pabst*, n° 125.

Long. : 0^m15.

701 — Fourchette pliante à deux dents, manche en écaille garnie de cuivre. Allemagne, XVIIe siècle.

Long. : 0m07.

702 — Couteau à quatre dents, manche en bois sculpté, à figures allégoriques de l'Espérance, de l'Amour et de la Foi, surmontées d'un lion héraldique. Allemagne, XVIIe siècle.

Long. : 0m21.

703 — Fourchette à deux dents, avec manche en fer forgé, garni d'ornements de cuivre en forme de cœur et daté 1759. Allemagne, XVIIIe siècle.

Voir *Catalogue A. Pabst*, n° 53.

704 — Fourchette à deux dents, avec manche en fer ciselé et ajouré à spirales, dessin d'arabesques et de perlés. XVIIIe siècle.

Voir *Catalogue A. Pabst*, n° 52.

Long. : 0m19.

705 — Fourchette pliante à deux dents, manche gravé, dessin médaillons à bustes de femmes et se terminant en forme de monstre marin. XVIIIe siècle.

Long. : 0m11.

706 — Fourchette à deux dents, manche en corne de cerf se terminant par une tête d'homme. Allemagne, XVIIIe siècle.

Long. : 0m19.

707 — Fourchette pliante à deux dents, manche en fer garni de plaquettes en corne de cerf. Allemagne, XVIIIe siècle.

Voir *Catalogue A. Pabst*, n° 209.

Long. : 0m13.

708 — Fourchette pliante à deux dents, manche garni de corne et de rosaces en fer. Allemagne, XVIIIe siècle.

Voir *Catalogue A. Pabst*, n° 208.

Long. : 0m16.

709 — Fourchette à deux dents longues et effilées, manche en nacre gravée avec virole et sommet en argent, commencement du XVIIIe siècle.

Voir *Catalogue A. Pabst*, n° 206.

Long. : 0m20.

710 — Fourchette pliante à deux dents, manche se terminant en croc couvert de plaquettes d'écailles. Allemagne, XVIIIe siècle.

Voir *Catalogue A. Pabst*, n° 210.

Long : 0m10.

## CUILLERS

711 — Cuiller égyptienne en bois, forme fleur de lotus. Environ 1,000 ans avant Jésus-Christ.

Long. : 0m14.

712 — Manche de cuiller égyptienne en bois sculpté, représentant une nageuse. Environ 1,000 ans avant Jésus-Christ.

Long. : 0m17

713 — Cuiller égyptienne, manche en bois sculpté en forme d'homme les bras croisés et portant sur sa tête la coquille ovale. Environ 1,000 ans avant Jésus-Christ.

Long. : 0m16.

714 — Petite cuiller égyptienne en bronze, coquille ovale. Fouilles d'Akmin.

Long. : 0m13.

715 — Grande cuiller ou louche en bronze, coquille forme de demi-œuf, manche long se terminant en col de cygne. Fouilles d'Akmin.

Long. : 0m38.

716-717 — Deux manches de cuiller en plâtre teinté noir. Environ 500 ans avant Jésus-Christ.

Long. : 0m7 et 0m6.

718 — Grande cuiller ou louche romaine en bronze, coquille creuse et circulaire, manche long se ternant par un anneau.

Long. : 0m37.

719 — Cuiller romaine en bronze, manche se terminant par une boule. Fouilles près de Mayence.

Long. : 0m14.

720 — Cuiller romaine en argent, manche se ter-

minant en pointe, coquille ovale gravée à volatiles et inscription : « Siliane Viva ». Fouilles près de Mayence.

Long. : 0m19.

721-722 — Deux petites cuillers romaines en argent, manches longs en forme de tiges pointues. Fouilles près de Mayence.

Long. : 0m12.

723 — Cuiller romaine en bronze, manche rond se terminant par un crochet. Trouvé dans le Rhin.

Long. : 0m15.

724 — Cuiller romaine en bronze argenté, manche se terminant par un bouton. Fouilles près de Mayence.

Long. : [illegible]

725 — Petite cuiller romaine en forme de louche en bronze, coquille mobile. Fouilles près de Mayence.

Long. : 0m17.

726 — Petite cuiller romaine en bronze, manche plat forme quadrangulaire. Fouilles près de Rome.

Long. : 0m12.

727 — Petite cuiller romaine en os, manche rond, coquille circulaire.

Long. : [illegible]

728 — Très petite cuiller romaine en os, coquille ronde.

Long. : 0m08.

729-730 — Manche de cuiller en ivoire sculpté, forme jambe et bras entrelacés se terminant par trois têtes d'animaux. Fouilles près de Mayence. Roumanie, XIII$^e$ siècle.

731 — Cuiller en bronze, tige se terminant en pointe, coquille recourbée. Fouilles près de Mayence. XII$^e$ ou XIII$^e$ siècle.

Long. : 0$^m$16.

732 — Cuiller en bronze argenté, manche surmonté d'une fleurette, coquille recourbée. Renaissance italienne, XV$^e$ siècle.

Long. : 0$^m$17.

733 — Cuiller argentée, manche quadrangulaire surmonté d'un lion héraldique dans le haut et spirales dans le bas. Allemagne, fin du XV$^e$ siècle.

Voir *Catalogue A. Pabst*, n° 252.
Collection Paul, n° 1255.

Long. : 0$^m$17.

734 — Cuiller en argent, manche torse surmonté d'un lion héraldique tenant un écusson. Cologne, fin du XV$^e$ siècle.

Voir *Catalogue A. Pabst*, n° 254.

Long. : 0$^m$16.

735 — Cuiller en argent, manche quadrangulaire surmonté d'une figurine représentant Saint-Phi-

lippe, attache de la coquille ornementée et à spirale. Allemagne, fin du XVe siècle.

> Voir *Catalogue A. Pabst*, n° 253.
> Collection Disch, n° 785.

Long. : 0m18.

736 — Cuiller en argent ciselé et doré, manche à pans orné d'une petit tour gothique et d'un masque à gueule ouverte tenant la coquille gravée à figure de sainte, le haut à buste de femme. Allemagne, XVe siècle.

Long. : [illegible]

737 — Cuiller en émail de Limoges, manche en forme de pied de bœuf, décoré de feuillages, coquille offrant un homme conduisant un cheval accompagné d'une femme et d'un enfant, peinture en grisaille, bleu, vert et or, attribuée à Pierre Raymond. France, XVIe siècle.

Long. : 0m17.

738-739 — Deux cuillers en émail de Limoges, manches forme pieds de bœuf, peinture en grisaille, coquilles fond pointillé d'or à petits personnages. Attribuées à Pierre Raymond. France, XVIe siècle.

Long. : [illegible]

740 — Cuiller avec coquille en cristal de roche taillé à grosse arête sur le dos ; manche en argent finement ciselé et doré à têtes de chérubins et masques, au milieu de motifs ornementés, surmonté

d'une figurine de femme tenant un écusson. Allemagne, XVI^e siècle.

Voir *Catalogue A. Pabst*, n° 292.

Long. : 0^m16.

741 — Cuiller en cristal de roche, coquille gravée, dessin à soleil avec chiffre I. H. S., virole forme feuillage et tête forme gland en argent doré. Allemagne, XVI^e siècle.

Voir *Catalogue A. Pabst*, n° 293.

Long. : 0^m12.

742 — Très petite cuiller en agate grise, virole et attache de la coquille en or émaillé et enrichi d'un rubis. Allemagne, XVI^e siècle.

Voir *Catalogue A. Pabst*, n° 296.
Collection Paul, n° 1334.

Long. : 0^m07.

743 — Cuiller en coquillage tigré, monture en argent gravé et doré. XVI^e siècle.

Long. : 0^m13.

744 — Cuiller avec manche en argent gravé et doré surmonté d'un demi-corps de chien tenant un écusson, coquille ovale en nacre avec attache enrichie d'une émeraude. Allemagne, XVI^e siècle.

Long. : 0^m16.

745 — Cuiller pliante avec manche quadrangulaire forme colonne en argent gravé, virole mobile,

coquille en nacre avec attache à tête de lion. Allemagne, XVI^e siècle.

Voir *Catalogue A. Pabst*, n° 294.
Collection Paul, n° 1247.

Long. : 0^m18.

746 — Cuiller pliante, manche en argent doré surmonté d'un ornement à tête de chérubin, coquille ovale en caillou d'Égypte. Augsbourg, XVI^e siècle.

Long. : 0^m16.

747 — Cuiller en argent parties dorées, manche à six pans surmonté d'un lion héraldique tenant un écusson aux armes des Oelhafen, de Nuremberg, attache à tête d'ange. Sur la tige inscription : *Verbum domini manet in aeternum et Gottes wort bleibt hie und dort.* Nuremberg, XVI^e siècle.

Voir *Catalogue A. Pabst*, n° 264.

Long. : 0^m21.

748 — Cuiller en argent, manche forme torchère à spirale, surmonté d'une figure d'homme en armure ; coquille ronde. : Inscription : IAN 1536. Suisse, XVI^e siècle.

Voir *Catalogue A. Pabst*, n° 255.
Collection Disch, n° 722.

Long. : 0^m21.

749 — Cuiller en argent, manche forme torchère avec bas-relief dans le bas et surmonté d'une

figure de Christ, coquille ovale poinçonnée. Allemagne, XVIe siècle.

Voir *Catalogue A. Pabst*, nº 259.
Collection Paul, nº 1254.

Long. :

750 — Cuiller en vermeil, manche se terminant par une tête ailée, coquille à arête et poinçons. Allemagne, XVIe siècle.

Voir *Catalogue A. Pabst*, nº 268.

Long. : 0m17.

751 — Cuiller en argent gravé, manche légèrement recourbé se terminant par une cariatide de femme. Regensburg, XVIe siècle.

Voir *Catalogue A. Pabst*, nº 272.
Collection Paul, nº 1313.

Long. : 0m16.

752 — Cuiller en argent, manche forme pied de bouc, dos de la coquille offrant gravé une armoirie et des lettres S. P. A. V. I. et la date 1594. Trouvée près de Prague. Allemagne, 1594.

Voir *Catalogue A. Pabst*, nº 276.

Long. : 0m13.

753 — Cuiller en argent ciselé et doré, manche surmonté d'une figure de femme tenant un écusson, coquille gravée, dessin représentant à l'intérieur une tête de chérubin et à l'extérieur un groupe de fruits. Danemark, fin du XVIe siècle.

Voir *Catalogue A. Pabst*, nº 260.
Collection Paul, nº 1251.

Long. : 0m15.

754 — Cuiller en argent ciselé et doré, manche se terminant par un bouton orné de deux oiseaux allégoriques, intérieur de la coquille gravé. Danemark, fin du XVIe siècle.

Voir *Catalogue A. Pabst*, n° 258.
Collection Paul, n° 1252.

Long. : 0[m]16.

755 — Cuiller en argent, manche plat à ornement et tête de chérubin, coquille ronde et poinçonnée. Allemagne, fin du XVIe siècle.

Voir *Catalogue A. Pabst*, n° 256.

Long. : 0[m]17.

756 — Cuiller en argent, manche offrant en bas-relief des cariatides et des figures allégoriques et surmonté d'un ornement à tête d'ange, coquille ronde dorée intérieurement. Allemagne, XVIe siècle.

Long. : 0[m]17.

757 — Cuiller en argent, manche gravé à scènes de chasse et arabesques se terminant en fleuron XVIe siècle.

Long. : 0[m]17.

758 — Cuiller en argent, manche légèrement recourbé et gravé à arabesques. Augsbourg, XVIe siècle.

Voir *Catalogue A. Pabst*, n° 275.
Collection Paul, n° 1255.

Long. : 0[m]15.

759 — Grande cuiller en argent, manche quadrangulaire, se terminant en spirale dans le haut,

attache et bordure de la coquille gravées à arabesques. Italie XVIe siècle.

Long. : 0m25.

760 — Grande cuiller en argent doré, dessus de la coquille ciselé, dessin à armoirie sur fond de parterre fleuri. Italie, XVIe siècle.

Long. : 0m23.

761 — Cuiller en buis, manche en argent finement ciselé offrant en relief des têtes de femmes au milieu d'ornements feuillagés, surmonté d'une figurine de guerrier tenant un bouclier armoirié et chiffre S. W. Regensbourg, XVIe siècle.

Voir *Catalogue A. Pabst*, n° 291.
Collection Paul, n° 1243.

Long. : 0m16.

762 — Cuiller en buis, manche en argent ciselé et doré à vases fleuris en relief et tête de chérubins, surmonté d'une figurine de Saint-Jacques. Allemagne, XVIe siècle.

Voir *Catalogue A. Pabst*, n° 290.
Collection Paul, n° 1248.

Long. : 0m15

763 — Cuiller en buis, manche rond en argent doré se terminant par une figurine de guerrier tenant un bouclier armoirié. Suisse, commencement du XVIe siècle.

Long. : 0m15.

764 — Cuiller en buis, manche en argent à pans

se terminant par une figurine représentant Saint-Pierre. Allemagne, xvi^e siècle.

Voir *Catalogue A. Pabst*, n° 286.

Long. : 0m16.

765 — Cuiller en bois sculpté, manche en argent gravé surmonté d'une statuette d'homme debout. Angleterre, xvi^e siècle.

Voir *Catalogue A. Pabst*, n° 287.

Long. : 0m16.

766 — Cuiller à coquille ronde en bois sculpte, manche à cinq pans surmonté d'une figurine de Saint Pierre. Allemagne, xvi^e siècle.

Long. : 0m16.

767 — Cuiller en boissculpté. mancheforme colonne torse surmonté d'une figurine de saint en argent. Allemagne, xvi^e siècle.

Voir *Catalogue C. Pabst*, n° 288.
Collection Paul, n° 1265.

Long. : 0m18.

768 — Cuilleren boissculpté, manche surmonté d'un clocheton gothique en argent doré. Regensbourg, xvi^e siècle.

Voir *Catalogue A. Pabst*, n° 285.
Collection Paul, n° 1244.

Long. : 0m14.

769 — Cuiller en buis, manche en argent à côtes tournantes surmonté d'une grenade. xvi^e siècle.

Long. : 0m15.

770 — Cuiller à coquilles en corne rougie, manche en argent se terminant en boule. Allemagne, XVI^e siècle.

Voir *Catalogue A. Pabst*, n° 284.

Long. : 0^m14.

771 — Cuiller en buis sculpté, manche représentant une figurine de saint Jacques.

Long. : 0^m13.

772 — Cuiller en buis sculpté, coquille ovale, manche représentant le Christ en croix. Allemagne, XVI^e siècle.

Long. : 0^m11.

773 — Cuiller en buis sculpté, coquille ronde, manche en forme de statuette d'homme nu assis. Allemagne, XVI^e siècle.

Long. : 0^m14.

774 — Cuiller en étain, manche se terminant par un bouton en forme de globe, coquille ronde. Allemagne, XVI^e siècle.

Long. : 0^m15.

775 — Petite cuiller en étain, manche avec inscription. : « *Trink und iss, Got nit vergiss* » ; manche surmonté d'une figurine de femme tenant un écusson daté 1527. Coquille gravée. Allemagne, XVI^e siècle.

Voir *Catalogue A. Pabst*, n° 305.
Collection Paul, n° 1259.

Long. : 0^m10.

776 — Cuiller en étain bronzé à manche gravé et coquille poinçonnée. Prusse. XVI^e siècle.

*Voir Catalogue A. Pabst*, n° 305.

Long. : 0m12.

777 — Cuiller en étain, manche se terminant par un chapiteau, coquille poinçonnée. Kœnigsberg. XVI^e siècle.

*Voir Catalogue A. Pabst*, n° 306.

Long. : 0m12.

778 — Cuiller en argent, manche se terminant par un chapiteau doré avec anneaux mobiles, coquille ronde. Norvège. XVI^e siècle.

*Voir Catalogue A. Pabst*, n° 281.

Long. : [illegible]

779 — Cuiller en argent, manche se terminant par un chapiteau à fleurs de lys et anneaux mobiles. grande coquille gravée. Norvège, XVI^e siècle.

*Voir Catalogue A. Pabst*, n° 282.

Long. : 0m15.

780 — Cuiller en ivoire sculpté et ajouré. large manche représentant Vénus enlaçant Mars et la Fortune. au-dessus un Amour lançant des traits. Hollande, XVII^e siècle.

Long. : 0m16.

781 — Cuiller en ivoire sculpté, manche ajouré représentant près d'un arbre un roi assis sur son

trône et un prêtre agenouillé et lisant. Hollande, XVII^e siècle.

Voir *Catalogue A. Pabst*, nº 301.
Collection Paul, nº 1315.

Long. : 0m13.

782 — Cuiller en ivoire, manche sculpté et ajouré à groupe d'homme et de femme assis sous un arbre, posant sur une volute à tête d'enfant, coquille ovale. Hollande, XVII^e siècle.

Voir *Catalogue A. Pabst*, nº 300.
Collection Paul, nº 1316.

Long. : 0m14.

783-784 — Cuiller pliante en ivoire, manche en forme de volute, dos de la coquille gravé à flèche, dans une boîte en buis avec chiffre I. H. S. gravé. XVII^e siècle.

Cuiller. Long. : 0m11.
Boîte. Long. : 0m10.

785 — Cuiller en agate rouge, virole gravée. Allemagne, XVII^e siècle.

Voir *Catalogue A. Pabst*, nº 295.
Collection Paul, nº 1262.

Long. : 0m17.

786 — Cuiller, coquille en agate veiné rose et manche en agate brun clair, virole et tête en or émaillé noir. XVII^e siècle.

Long. : 0m14.

787 — Cuiller en argent, manche quadrangulaire, se terminant en bouton, coquille forme pelle,

gravée à armoiries, lettres et date 1607. Regensbourg, 1607.

Voir *Catalogue A. Pabst*, n° 251.
Collection Paul, n° 1314.

Long. : 0m19.

788 — Cuiller en argent, manche ciselé à tête de chérubin, surmonté d'une figure de sainte, coquille ovale et poinçonnée. Allemagne. XVIIe siècle.

Voir *Catalogue A. Pabst*, n° 273.

Long. : 0m19.

789 — Cuiller en argent, manche rond se terminant par un ours doré. Allemagne. XVIIe siècle.

Voir *Catalogue A. Pabst*, n° 267.

Long. : 0 20.

790 — Cuiller en argent, manche à torsade couronnée par une cariatide de femme et masque ailé, coquille en forme de pelle. Allemagne. XVIIe siècle.

Voir *Catalogue A. Pabst*, n° 257.

Long. : 0m20.

791 — Cuiller en argent ciselé, gravé et doré, manche en forme de colonne ornementée couronnée par un accouplement de quatre masques, coquille à fleurs et feuillages avec inscriptions : « *Omnia Dominus non habet argominus* » et « *Hielp Iesus af Nasrem* ». Norvège. XVIIe siècle.

Voir *Catalogue A. Pabst*, n° 257.
Collection Paul, n° 1245.

Long. : 0m17.

792 — Cuiller en argent, manche ciselé à écusson, tête de chérubin et buste de femme, coquille ovale. XVII^e siècle.

Voir *Catalogue A. Pabst*, n° 268.
Collection Paul, n° 1336.

Long. : 0^m15.

793 — Cuiller en argent, manche gravé à gerbe feuillagée. Allemagne, commencement du XVII^e siècle.

Voir *Catalogue A. Pabst*, n° 270.

Long. : 0^m16.

794 — Cuiller en argent, manche uni couronné par un buste de femme. Zurich, XVII^e siècle.

Voir *Catalogue A. Pabst*, n° 262.
Collection Paul, n° 1256.

Long. : 0^m17.

795 — Cuiller, manche à six pans surmonté d'un buste d'homme, coquille forme pelle offrant sur le dos à tête de chérubin en haut relief. Chiffre M. K. et date 1648. Allemagne, XVII^e siècle.

Long. : 0^m20

796 — Cuiller en argent, manche couronné par un buste de femme, coquille gravée à écusson avec V. I. V. S, et date 1656. Allemagne. XVII^e siècle.

Voir *Catalogue A. Pabst*, n° 261.

Long. : 0^m16.

797 — Petite cuiller en argent, manche forme volute surmonté d'un buste de femme, coquille plate et poinçonnée. Allemagne, XVII^e siècle.

Voir *Catalogue A. Pabst*, n° 1257.
Collection Paul, n° 259.

Long. : 0^m11.

798 — Cuiller en argent doré, manche feuillagé, se terminant par deux têtes de chérubins, coquille gravée, dessin représentant d'un côté la Crucifiction et de l'autre côté un cœur traversé d'une flèche avec chiffre et date 1625. Danemark, 1625.

Voir *Catalogue A. Pabst*, n. 280.

Long. : 0m16.

799 — Cuiller en argent doré, manche ciselé à mascarons tête d'ange et couronné par un buste de femme, coquille ovale et poinçonnée. Allemagne, commencement du xvii siècle.

Voir *Catalogue A. Pabst*, n. 271.

Long. : 0 15.

800 — Cuiller en argent doré, manche hexagonal avec inscription : « *Furchte Godt Haldt sein Gebodt* ». Attache ornée d'une figure de guerrier, dos de la coquille gravée à tête de chérubin. xviie siècle.

Long. : 0 20.

801 — Cuiller en argent, manche se terminant par une boule feuillagée, coquille gravée. Danemark, xvii siècle.

Voir *Catalogue A. Pabst*, n. 27[illegible].

Long. : 0 16.

802 — Cuiller en argent gravé et doré à rinceaux fleuris, coquille ovale, manche plat. Allemagne, xviie siècle.

Voir *Catalogue A. Pabst*, n. 277.

Long. : 0 17.

803 — Cuiller en or, manche forme gaîne à quatre faces, couronnée par une tête de femme, coquille ovale gravée à fruits, guirlandes et mascarons, avec date 1693. Allemagne, XVII^e^ siècle.

Long. : 0m15.

804 — Cuiller en bronze ciselé, manche orné de masques et se terminant par un buste de femme, coquille à mascaron et tête ailée. XVII^e^ siècle.

Long. : 0m17.

805-806 — Deux petites cuillers presque semblables en bronze ciselé à bustes de femmes et mascarons. XVII^e^ siècle.

Voir *Catalogue A. Pabst*, nos 311 et 312.

Long. : 0m12.

807 — Cuiller en étain, manche orné d'un cœur dans le haut, coquille avec date 1606 et inscriptions : « *An gottes Segen int alles gelegen* » Allemagne, 1606.

Voir *Catalogue A. Pabst*, n° 307.

Long. : 0m14.

808 — Cuiller à hosties en buis finement sculpté, manche représentant le Christ et la Vierge et l'Enfant, coquille à médaillons en forme de cœur offrant d'un côté Saint-Joseph et le Christ Jardinier, entourés d'inscriptions. Allemagne, fin du XVII^e^ siècle.

Voir *Catalogue A. Pabst*, n° 203.

Long. : 0m19.

809 — Cuiller à hosties en buis sculpé, coquille ornées de scènes allégoriques et inscriptions, le manche offre le Christ en croix pleuré par les saintes femmes et surmonté d'une figure de saint en prières. Allemagne, fin du XVII^e^ siècle.

Voir *Catalogue A. Pabst*, n° 302.
Collection Paul, n° 1249.

Long. : 0^m^19.

810 — Cuiller en buis sculpté, manche formé d'un groupe de quatre jeunes garçons en acrobates, coquille ovale. Allemagne, XVII^e^ siècle,

Long. : 0^m^15.

811 à 823 — Treize cuillers sculptées en buis, manches formés de figures représentant le Christ, et les douze apôtres. XVII^e^ siècle.

Long. : 0^m^12.

824-825 — Deux très petites cuillers de poupées en argent. XVII^e^ siècle.

Long. : 35 millim.

826 — Cuiller en buis sculpté, manche formé par une statuette d'homme tenant un panier dans chaque main, coquille avec date 1659. Suisse. XVII^e^ siècle.

Long. 0^m^15.

827 — Cuiller forme de charrette à deux roues en corne rouge corne brune, manche se terminant par une main. Allemagne, XVII^e^ siècle.

Long. : 0^m^16.

828 — Cuiller, manche en argent couronné par une volute supportant une tête d'homme casqué, coquille en bois sculpé offrant une souris noire en relief. Allemagne, XVIIe siècle.

Voir *Catalogue A. Pabst*, n° 289.
Collection Paul, n° 1280.

Long. : 0m15.

829 — Chaine à laquelle sont suspendues deux cuillers avec manches à torsade, le tout sculpté d'une pièce. Selon une légende les gens mariés qui se querellaient devaient manger avec les cuillers, pour montrer qu'en toute circonstance ils étaient toujours l'un à l'autre.

Long. : 1m10.

830 — Cuiller en bois sculpté, manche long se terminant par un poing fermé, coquille creuse. Travail de paysan de la Forêt noire, XVIIe siècle.

Long. : 0m23.

831 — Cuiller en bois sculpté, manche à tête d'homme barbu, portant une boule mobile sculptée dans la masse. Travail de paysan suisse de la fin du XVIIe siècle.

Long. : 0m15.

832 — Cuiller en bois sculpté, manche court ornementé, grande coquille incrustée de bois noir à inscriptions « *Jésus Maria* et *Inri*. Suisse allemande ou Forêt noire, XVIIe siècle.

Long. 0m11

833 — Cuiller en bois finement sculpté; coquille représentant à l'intérieur un buste d'électeur et à l'extérieur l'aigle allemand accosté de deux amours portant des éussons; manche formé de deux figurines de saints superposés, tête en argent à pans. Allemagne, fin du XVII^e siècle.

Long. : 0^m17.

834 — Cuiller en argent doré, manche forme volute couronnée par une tête d'amour, coquille ovale poinçonnée. Allemagne, commencement du XVII^e siècle.

Long. : 0^m 19.

835 — Cuiller en argent ciselé, manche ajouré en forme de caducée surmonté d'un groupe d'homme et de femme en costume de l'époque. France, commencement du XVIII^e siècle.

Voir *Catalogue A. Pabst*, n° 274.
Collection Disch, n° 723.

Long. 0^m13.

836 — Petite cuiller à crême en argent, manche à crochet offrant sur le corps une coquille et couronné par une figurine d'enfant, coquille à feuillages. Hollande, XVIII^e siècle.

Voir *Catalogue A. Pabst*, n° 278.
Collection Paul, n° 1324.

Long. : 0^m11.

837 — Cuiller en porcelaine de Saxe à paysages et bouquets de fleurs dans le goût chinois, manche offrant une armoirie. XVIII^e siècle.

Long. : 0^m10.

838 — Petite cuiller en porcelaine de Ludwigsbourg décor à fleurs, XVIIIe siècle.

Long. : 0m12.

839 — Cuiller en faïence de Winterthur, décor en bleu à tête de guerrier et feuillage. Suisse, milieu du XVIIIe siècle.

Long. : 0m11.

840 — Cuiller en bois sculpté, modèle pour l'argent ou la porcelaine. Manche se terminant par une coquille et couronné par une tête de dragon. Commencement du XVIIe siècle.

Long. : 0m16.

841 — Cuiller en bois sculpté, manche formé d'un groupe d'homme et de femme enlacés, coquille ovale. Suisse, XVIIIe siècle.

Voir *Catalogue A. Pabst*, no 298.
Collection Paul, no 1264.

Long. : 0m14.

842 — Cuiller, manche en ivoire cannelé garni de cuivre, de nacre et de corail ; coquille en dent de morse gravée à dessins noirs. Perse (?) XVIIIe siècle.

Voir *Catalogue A. Pabst*, no 310.
Collection Paul, no 1338.

Long. : 0m26.

843 — Cuiller en ivoire sculpté, manche offrant

une composition fantastique et ornementée, coquille ovale sillonnée de traits sur le dessus, virole en argent. Travail indien sous l'influence portugaise.

Voir *Catalogue A. Pabst*, n° 299.

Long. : 0m13.

844 à 847 — Quatre cuillers en bois gravé incrusté d'argent. Bosnie, XIXe siècle.

Voir *Catalogue A. Pabst*, n° 303.

Long. : 0m20.

847 *bis* — Cuiller en ivoire sculpté, manche ajouré à feuillage portant un chapiteau sur lequel deux lions couchés soutenant un groupe équestre représentant Saint-Georges terrassant le dragon ; derrière la fille du roi priant et agenouillée sur une colonne. XVIe siècle.

Long. : 0m15.

848 — Cuiller en argent par parties dorée ciselée et gravée, manche à torsade, coquille feuillagée. Russie, XIXe siècle.

Voir *Catalogue A. Pabst*, n° 283.
Collection Paul, n° 1335.

Long. : 0m17.

848 *bis* — Cuiller, coquille en buis, manche argent surmonté d'une tour gothique. XVIe siècle.

Long. : 0m14.

# INSTRUMENTS DE MAITRISE

## OUTILS

849 à 857 — Service de maîtrise composé de neuf pièces : quatre couteaux de formes diverses, un ciseau de jardinier, une scie, un marteau avec manche formé par une lime se terminant par une vrille et de deux coins de grandeurs différentes en fer ciselé, gravé et doré ; manches des couteaux et de la scie de forme octogonale garnis de deux plaquettes de nacre se terminant en pommes de pin, lames avec inscriptions : « *Farit a Molins a la palme* » et taions dorés. France, XVIe siècle.

Voir *Catalogue A. Paëst*, n° 327.
Collection Paul, n° 36.

Couteaux. Long. : 0m37, 0m32, 0m30 et 0m17.
Ciseau. Long. : 0m29.
Scie. Long. : 0m34.
Marteau. Long. : 0m30.
Coins. Long. : 0m11 et 0m10.

858 à 865 — Service de maîtrise composé de huit pièces : trois couteaux, un marteau avec vrille, une scie, une lime avec lame se terminant en tourne-vis, un alésoir et un coin en fer ciselé et doré, manches quadrangulaires couverts de plaquettes en ivoire gravé, se terminant par des cha-

piteaux godronnés, lames gravées et dorées au talon. Italie, XVI^e siècle.

Voir *Catalogue A. Pabst*, n° 325.
Collection Paul, n° 1206.

Couteaux. Long. : 0m32, 0m27 et 0m25.
Marteau. Long. : 0m29.
Scie. Long. : 0m31.
Lime. Long. : 0m28.
Alésoir. Long. : 0m24.
Coin. Long. : 0m23.

866 à 872 — Service de maîtrise composé de sept pièces : trois couteaux, un marteau surmonté d'une vrille, une scie, une lime avec lame de couteau se terminant en tourne-vis et un coin en fer ciselé orné de vestiges de dorure, manches arrondis ornés de plaquettes en corne noire surmontés de chapiteaux corinthiens se terminant en têtes d'oiseaux allégoriques sur les couteaux et la scie et en forme de vase sur les trois autres pièces, viroles à feuilles d'acanthe ; lames gravées et dorées aux talons. Italie, XVI^e siècle.

Voir *Catalogue A. Pabst*, n° 326.

Couteaux. Long. : 0m34, 0m29 et 0m2[illegible].
Marteau. Long. : 0m26.
Scie. Long. : 0m34.
Lime. Long. : 0m27.
Coin. Long. : 0m26.

873 — Couteau de jardin, manche à huit pans en agate, surmonté d'une boule en argent gravé et doré ainsi que la virole, lame à dos et talon gravé et doré avec date 1577. Allemagne, 1577.

Collection Paul, n° 1220.

Long. : 0m25.

874 — Couteau tranchant provenant d'un service d'outils de maîtrise, manche en dent de morse, petite lame presque entièrement gravée et dorée à armoirie, figurine de femme, cerf et volatile. Allemagne, commencement du XVII^e siècle.

Voir *Catalogue A. Pabst*, n° 328.
Collection Paul, n° 1309.

Long. : 0m27.

875 — Couteau pliant de jardinier contenant une lame pointue, une hachette se terminant en tourne-vis, une scie et un couteau à lame recourbée, manche en ivoire gravé, dessin à personnages. Allemagne, XVII^e siècle.

Ouvert. Long. : 0m37.
Fermé. Long. : 0m21.

876 — Hachoir, manche en ivoire sculpté offrant d'élégants rinceaux et des chimères, lame large découpée et ajourée en fer gravé à personnages. Fin du XVII^e siècle.

Voir *Catalogue A. Pabst*, n° 329.
Collection Paul, n° 1213.

Long. : 0m36.

877 — Scie en fer finement découpé et gravé à petits dessins d'arabesques, manche en bois sculpté avec écrou et virole de forme octogonale. Allemagne, XVI^e siècle.

Long. : 0m60.

878 — Scie, manche en bois avec virole écrou gravé, arc en fer finement gravé à animaux, vola-

tiles et mascarons et se terminant en tête de dauphins. Allemagne, seconde moitié du XVIe siècle.

Long. : 0m51.

879 — Étau à vis en fer finement gravé à arabesques et rinceaux. Allemagne, XVIe siècle.

Long. : 0m32

880 — Paire de grande tenailles en fer, ornées de canaux, rivets forme étoiles. Allemagne, XVIe siècle.

Long. : 0m32

881 — Pince de cordonnier en fer damasquiné d'or à arabesques fleuries. Allemagne, XVI siècle.

Long. : 0m26.

882 — Paire de tenailles en fer gravé, poignée se terminant par des têtes d'animaux allégoriques, rivets se terminant par des rosaces. Allemagne, XVIIe siècle.

Voir *Catalogue A. Pabst*, no 352.

Long. 0m16

883 — Pince en fer forgé à spirales. Allemagne, XVIIe siècle.

Voir *Catalogue A. Pabst*, no 353.

Long. : 0m11

884-885 — Pince à écrous et marteau en fer, gravé, dessin fleurs et feuillages et aux armes des Médicis. Italie, XVIIe siècle.

Pince. Long. : 0m15.
Marteau. Larg. : 0m11.

886 — Petit marteau de bijoutier, manche ovale en bois, tige longue et mince en fer doré, marteau gravé et doré. Allemagne, XVIIe siècle.

887 — Marteau en fer ciselé à petits branchages, manche quadrangulaire se terminant en pinces. Allemagne, XVIe siècle.

Long. : 0m23.

888 — Marteau, forme de hachette en fer, gravé, à branchages fleuris, manche en bois sculpté à anneaux, contenant à l'intérieur un tire-bouchons. Allemagne, XVIIe siècle.

Voir *Catalogue A. Pabst*, n° 331.

Long. : 0m25.

889 — Marteau de cordonnier en bronze gravé à fleurs, feuillages et petits personnages, manche en bois. Allemagne, XVIIe siècle.

Long. : 0m35.

890 — Marteau en bronze doré avec lettre H. gravée, poignée en bois noir.

891-892 — Cachet gravé d'une corporation et marteau en bronze doré avec poignée en ivoire. Nuremberg, XVIIe siècle.

Cachet. Haut : 0m07.
Marteau. Long. : 0m19.

893 — Grand compas en fer, richement gravé à branchages fleuris, avec large vis se terminant par deux anses en bronze, découpé en forme

d'aigles accouplés et couronnés. Allemagne. XVIe siècle.

Long. : [illegible]
Larg. : [illegible]

894 — Petite pincette ou compas en bronze doré, branches poinçonnées. Allemagne, XVIIe siècle.

Long. : 0m14.

895-905 — Sept pièces comprenant : une vrille, un tourne-vis, un coin, etc., en fer finement gravé et doré. Une partie de ces instruments font partie d'un service d'outils ayant appartenu à l'Électeur Auguste Ier de Saxe et qui se trouve au Musée royal historique de Dresde. Provient de la famille du général von Kohler. Allemagne, XVIe siècle.

Voir *Catalogue A. Pabst*, n° 33[illegible].

906 — Petit rabot en bois sculpté à feuillages et fleurs. Époque Louis XV.

Long. : [illegible]

907 — Instrument pour la trépanation en fer ciselé avec nom gravé : « P. F. Boillot ». France. XVIe siècle.

Voir *Catalogue A. Pabst*, n° 330.
Collection Paul, n° 1212.

Long. : 0[illegible]

908-910 — Trois petits couteaux de chirurgie avec lames de différentes formes, manches en bronze doré, se terminant par des têtes de chérubins. Allemagne, XVIIe siècle.

Voir *Catalogue A. Pabst*, n° 338.
Collection Paul, n° 1306.

Long. : 0m12, 0m10 et 0m09.

911-916 — Cinq instruments de chirurgie en acier. XVII^e siècle.

Voir *Catalogue A. Pabst*, n° 342.
Collection Paul, n° 1342.

Long. : 0m27, 0m14 et 0m13.

917 — Couteau à lame pliante, manche formant pistolet à deux canons. Allemagne, XVIII^e siècle.

Long. : 0m23.

918-922 — Nécessaire d'artillerie composé d'une règle, de deux dégorgeoirs et d'un poinçon, manches de forme octogonale surmontés de bustes d'hommes coiffés de casques et d'une tête de femme laurée. Dans une gaine en cuir noir avec monture en cuivre. XVIII^e siècle.

Long. de pièces : 0m35, 0m34, 0m31, 0m29.
Long. de la gaine : 0m29.

923-924 — Aiguille et poinçon avec manches en fer ciselé, rehaussé de dorure à buste d'homme et de femme. XVII^e siècle.

Aiguille, long. : 0m13.
Poinçon, long. : 0m17.

925-926 — Deux alènes en fer, le haut oxydé. XVI^e siècle.

Voir *Catalogue A. Pabst*, n° 343 et 344.

Long. : 0m22 et 0m18.

927 — Fusil à couteaux en fer forgé, manches à spirales et feuilles d'acanthe se terminant par un bouton dans un étui cylindrique. Allemagne, XVI^e siècle.

Long. : 0m32.

928 — Fusil à couteau pour boucher en fer repercé à jour, suspendu à une ceinture en cuir clouté de cuivre. XVIIIe siècle.

Voir *Catalogue A. Pabst*, n° 346.

Fusil. Long. : [illegible]
Ceinture. Long. : 0 [illegible]

929 — Corne à soulier en fer finement gravé et doré par parties représentant une armoirie chiffrée K. W, deux petits personnages et deux longues inscriptions avec date 1607. Pièce intéressante. Allemagne, commencement du XVIIe siècle.

Long. : [illegible]

930 — Casse noix en bronze, manche se terminant en forme de chien et d'oiseau. Roumanie, XIIe ou XIIIe siècle.

Long. : [illegible]

931 — Casse-sucre en fer finement gravé à arabesques feuillagés. Allemagne, XVIe siècle.

Long. : [illegible]

932 à 935 — Petit nécessaire de dame comprenant : une paire de ciseaux en acier avec branches poinçonnées, ornées de plaquettes de nacre, d'un couteau et d'un petit poinçon, manche en bronze ciselé et doré se terminant en figures de sirènes. Gaine en cuir noir garni de bronze. Allemagne, XVIe siècle.

Voir *Catalogue A. Pabst*, n° 335.

Ciseaux. Long. : 0 [illegible]
Couteau poinçon Long. : [illegible]
Gaine. Long. : [illegible]

936 à 939 — Petit nécessaire pour la couture, composé de deux petits couteaux, un poinçon et une paire de ciseaux, manches rectangulaires en argent ajouré et gravé. Allemagne, XVI^e siècle.

Voir *Catalogue A. Pabst*, n° 339.

Long. des quatre pièces : 0m09.

940 à 944 — Petit nécessaire de toilette composé d'une lime à ongles, deux cure-oreilles et une paire de ciseaux en fer avec manches ciselés et dorés ; dans un étui en bois orné offrant des médaillons à figures de femmes et des paysages sur fond noir rehaussé d'or. XVIII^e siècle.

Lime et cure-oreille. Long. : 0m11.

Ciseaux. Long. : 0m05.

Étui. Long. : 0m12.

945 — Paire de ciseaux en fer gravé à fleurs et rinceaux, branches à spirales rehaussées de dorure. Allemagne, XVI^e siècle.

Long. : 0m21.

946 — Paire de ciseaux avec branches en argent ciselé et doré à cariatides de femmes. Augsbourg vers 1600.

Voir *Catalogue A. Pabst*, n° 341.
Collection Paul. n° 1341.

Long. : 0m13.

947 — Paire de ciseaux, branches en argent ciselé et doré à ornements ajourés. Allemagne vers 1600.

Long. : 0m11.

948 — Paire de ciseaux en fer gravé orné de vestiges de dorure. Allemagne, XVIe siècle.

Long. : 0m09.

949 — Paire de ciseaux tout en argent gravé et doré à trophées de musique et autres. Allemagne, XVIe siècle.

Long. : 0m11.

950 — Paire de ciseaux en fer découpé, branches garnies de plaquettes en nacre. Allemagne, XVIe ou XVIIe siècle.

Long. : 0m12.

951 — Paire de ciseaux à lames longues et effilées, manches en bronze ajouré, gravé et doré à rinceaux et feuillages. Italie, commencement du XVIIe siècle.

Long. : 0m25.

952 — Paire de ciseaux en bronze, manche forme arlequin. Allemagne, XVIIe ou XVIIIe siècle.

Long. : [illegible].

953-954 — Paire de ciseaux dans un étui en fer gravé par parties dorés dessin à feuillages. XVIIe siècle.

Voir *Catalogue A. Pabst*, n° 336.

Ciseaux. Long. : [illegible].
Etui. Long. : [illegible].

955-956 — Paire de ciseaux en fer découpé, dans un étui en fer garni de plaquettes en cuivre gravé à ornements Louis XIV. Commencement du XVIIIe siècle.

Voir *Catalogue A. Pabst*, n° 337.
Collection Paul, n° 1317.

Ciseaux. Long. : 0m11.
Etui. Long. : 0m09.

957 — Paire de ciseaux longs et étroits en fer finement damasquiné d'or à arabesques feuillagées. Orient, XVIIIe siècle.

Long. : 0m23.

958 — Instrument romain avec lame présentoir en bronze gravé à cavalier, manche adhérent à jour.

Long. : 0m23.

959 — Cure-oreilles romain, manche en argent doré se terminant par une tête d'animal tenant sa proie. Fouilles près de Mayence.

Long. : 0m07.

960 — Cure-oreilles romain en os peint jaune.

Long. : 0m11.

961 — Cure-oreilles en bronze vert à spirales. Romain.

Long. : 0m09

962-966 — Quatre stylus romains en ivoire, bronze et os.

Long. : 0m10, 0m08 et 0m06.

967 — Stylus romain sculpté dans une arête de poisson se terminant par un pied d'homme.

Long. : 0m11.

968 — Stylus romain se terminant en triangle.

Long. : 0m14.

969 — Stylus romain, manche rond en ivoire gravé.

Long. : 0m15.

970-972 — Deux instruments de chirurgie dans un étui en bronze. Proviennent de fouilles.

Instruments. Long. : 0m18 et 0m12.
Étui. Long. : 0m10.

973-1018 — Quarante-six outils de tourneur en fer finement gravé, dessin à poussins et ornements feuillagés. Allemagne, XVIe siècle.

Long. : 0m45.

1019 — Service pliant de jardinier, contenant une scie, une lame à pointe recourbée et une lame pointue avec inscription : « *In te domine speram non confondon in eternum* », talons gravés et dorés; manche en ivoire gravé avec large virole en fer incrusté d'or et d'argent. XVIIe siècle.

Long. : 0m42.

1020 — Couteau d'enseigne en forme de coupoir en bois découpé, orné d'une clochette et portant imprimée l'inscription suivante :

*Hettest du jetzt fein still geschwign*
*So wer das messèr blieben lign*
*Die Pfeiff Kein shall het lassen horn*
*Das glocklein thet sicht dran nicht Kehrn*
*Was soll ein messer wanns nicht schneidt*
*Oder steckt allzeit in der Schneidt*

*Also was soll auch sein ein mann*
*Der nicht weitlich herscheineiden Kann.*
XVIe siècle.

Long. : 0m51.

# GRÈS

1021 — *Munich*. Grande cruche émaillée, offrant tout autour des bustes de seigneurs, de dames nobles et des figures de femmes allégoriques à la Justice, à la Foi, à la Charité, à l'Espérance, à l'Amour, etc., sur le devant une armoirie, anse formée par trois serpents enlacés, couvercle en étain. Travail de HIRSCHVOGEL.

Haut. : 0m53.

1022 — *Allemagne*. Pichet à panse aplatie, fond bleu, décor gris gravé par enlevage offrant sur le devant l'armoirie des Bentheimer, datée 1589, et par derrière une inscription dans un rectangle encadré d'ornements, goulot à mascarons, couvercle en étain. XVIe siècle.

Haut. : 0m40.

1023 — *Siegburg*. Cruchon haut et étroit offrant des médaillons représentant le Sacrifice d'Abraham, le Roi David et Loth et ses filles, encadrés d'ornements feuillagés, couvercle en étain. XVIIe siècle.

Haut. : 0m37.

1024 — *Allemagne.* Grande chope en terre brune et émaux de couleurs offrant en bas-relief, sur la panse, des médaillons représentants des cerfs et un cavalier, encadrés d'amours, de vases fleuris, mascarons et fruits et de figures de femmes symboliques, couvercle en étain. XVIIe siècle.

Haut. : 0m27.

1025 — *Kreuznach.* Cruchon émaillé offrant en haut-relief l'Apparition de Jésus-Christ, composition de neuf figures, anse plate et large. XVIIe siècle.

Haut. : 0m20.

1026 — *Allemagne.* Cruchon en terre peinte brune et bleue, panse gravée, offrant en bas-relief des figures de saints, sous l'anse un médaillon représentant le portrait d'un seigneur de l'époque, goulot et anse à mascaron; dans le bas, une inscription, couvercle en étain. XVIIe siècle.

Haut. : 0m40.

1027 — *Avignon.* Panier à anse en terre vernissée et émaillée offrant des petits personnages sous des arceaux ajourés, des têtes de femmes et des fleurs au milieu d'ornements ajourés. XVIIe siècle.

Haut. : 0m32.

1028 — *Allemagne.* Pichet en grès émaillé représentant le Christ au milieu d'un soleil entouré des douze apôtres dans des niches, orné d'inscriptions en haut et en bas, couvercle en étain avec date gravée : 1696.

Haut. : 0m28.

1029 — *Siegburg.* Cruchon haut et étroit offrant sur le devant les trois grands empereurs debout dans des paysages et tenant leurs blasons; au-dessous de chaque personnage, on lit dans un cartouche : JULIUS CESAR et GROSS ALEXANDER; couvercle en étain.

Haut. : 0m29.

1030 — *Siegburg.* Cruchon haut et étroit, décor en bas-relief représentant un seigneur et une dame noble assis à une table et des serviteurs en train de dépécer un cerf, couvercle et base en étain. Date 1559 et inscription : LAZARUS.

Haut. : 0m32.

1031 — *Siegburg.* Cruchon haut et étroit offrant les armoiries de Bavière, d'Angleterre et de Brandebourg, au milieu d'ornements feuillagés, couvercle en étain. XVIIe siècle.

Haut. : 0m37.

1032 — *Siegburg.* Cruchon forme conique, offrant en bas-relief des médaillons en forme de losange offrant des scènes de la vie d'Esther et d'Assuerus, et des cariatides de femmes au milieu d'élégants rinceaux feuillagés, couvercle en étain. XVIe siècle.

Haut. : 0m37.

1033 — *Siegburg.* Pichet, décor gris, gravé par enlevages à losanges allongés et bandes ornementées, col à volatiles au milieu de rinceaux feuillagés. Couvercle d'argent gravé et doré, orné d'une figure de sirène, panse cerclé d'argent doré. XVII^e^ siècle.

Haut. : 0^m^21.

1034 — *Amaberg* (Saxe). Pichet émaillé fond bleu, décor en relief, panse offrant des seigneurs sous des arceaux, col orné de deux armoiries, anse à torsade, couvercle en étain. XVI^e^ siècle.

Haut. : 0^m^30.

1035 — Petit cruchon offrant sur le devant des figures de femmes se tenant debout sous des arceaux surmontés de rinceaux feuillagés et mascarons, ornées de leurs armoiries respectives et inscriptions : JOHAUS, JUDITH, LUCKRECIA et GELOF, couvercle en étain. XVI^e^ siècle.

Haut. : 0^m^21.

1036 — *Siegburg*. Cruchon haut et étroit en grès bruni offrant sur le devant une armoirie avec inscription : FREIHER, HERZOC, STATTIN, IN, POMMEREN. Date 1580.

Haut. : 0^m^32.

1037 — *Kreuznach*. Cruchon en terre brunie, décor gravé par enlevage à losanges allongés, au milieu des figures de dieux de la mythologie en bas-relief, anse mascaron. XVII^e^ siècle.

Haut. : 0^m^35.

1038 — *Raeren*. Cruchon long et étroit en grès bruni offrant sur le devant un médaillon avec le portrait de Rodolphe II, empereur et roi romain d'Allemagne, de Hongrie et de Bohême, couvercle en étain. Date 1604.

Haut. : 0m31.

1039 — *Nassau.* Pichet émaillé bleu et brun, décor gravé gris par enlevage, panse offrant sur le devant une étoile avec cœur au centre, goulot à mascaron, couvercle en étain orné de trois poinçons. XVIIe siècle.

Haut. : 0m30.

1040 — *Nassau.* Bouteille fond brun et bleu, décor gravé par enlevage à fleurs de lys, ornée de deux médaillons offrant des armoiries. XVIIe siècle.

Haut : 0m24.

1041 — *Nassau.* Gourde ronde de forme aplatie, décor fond bleu et brun gravé gris par enlevage offrant au milieu un médaillon à bustes d'homme et de femme. XVIIe siècle.

Haut. : 0m21.

1042 — *Nassau.* Pichet à panse enflée, décor fond bleu gravé gris par enlevage, à ornements et pointes de diamants, couvercle en étain. XVIIe siècle.

Haut. : 0m21.

1043 — *Cologne.* Cruchon à trois anses, panses offrant des têtes de satyres en bas-relief. XVIIe siècle.

Haut. : 0m26.

1044 — *Siegburg.* Cruchon, décor fond bleu gravé gris par enlevage à rayures verticales et branchage, col à mascaron. XVII$^e$ siècle.

Haut. : 0$^m$18.

1045 — *Cologne.* Cruchon brun offrant sur la panse deux armoiries, goulot à tête d'homme barbu. XVI$^e$ siècle.

Haut. : 0$^m$14.

1046 — *Cologne.* Petit pichet offrant en relief une branche de chêne, col orné d'une tête d'homme barbu. XVI$^e$ siècle.

Haut. : 0$^m$12.

1047 — *Cologne.* Gobelet haut et étroit à cercles superposés. XV$^e$ siècle.

Haut. : 0$^m$13.

1048 — *Cologne.* Cruchon à anse forme bouteille cerclée avec coulée de vernis brun. XIV$^e$ ou XV$^e$ siècle.

Haut. : 0$^m$30.

1049 — *Mayence.* Cruchon à deux anses. XII$^e$ ou XIII$^e$ siècle.

Haut. : 0$^m$20.

1050 — *Mayence.* Petit cruchon à deux anses, col évasé. XIII$^e$ siècle.

Haut. : 0$^m$13.

1051 — *Mayence*. Vase cerclé, col évasé. XIII^e^ siècle.

Haut. : 0^m^14.

1052 — *Allemagne*. Chope évasé du haut, dessin cerclé. XIV^e^ siècle.

Haut. : 0^m^17.

1053 — *Allemagne*. Gobelet à cercles. XIV^e^ siècle.

Haut. : 0^m^11.

Paris — Imp. Ménard et Chauffour, 8-10, rue Milton

www.ingramcontent.com/pod-product-compliance
Lightning Source LLC
LaVergne TN
LVHW012009220826
846092LV00001B/289